Collection folio junior

Jack London est né en 1876 à San Francisco. Il passe son enfance dans le ranch de son beau-père : une enfance dure, presque misérable. Poussé par son tempérament aventureux, il quitte très jeune la maison pour s'embarquer comme mousse ; il a quinze ans à peine. Par la suite, il exerce toutes sortes de métiers, de pêcheur d'huîtres à garde-côte. De son voyage en Alaska parmi les chercheurs d'or, Jack London rapporte *L'Appel de la forêt*, où l'on respire le souffle de la grande aventure, l'odeur de l'or mêlée à celle de la misère. Mais il doit interrompre son voyage à la mort de son beau-père. Il s'installe alors à Oakland, en Californie, et décide de se consacrer à la littérature. Malgré le succès de ses nouvelles, il déclarera toutefois qu'il déteste écrire et ne le fait que pour gagner sa vie. L'attrait des terres inconnues sera le plus fort : il se fait engager comme reporter lors de la guerre sino-japonaise. A son retour, il réalise le rêve de sa vie : se faire construire un bateau, le *Snark*, à bord duquel il entreprend un tour du monde : mais il n'ira pas plus loin que l'Australie.

Jack London s'est donné la mort en 1916.

Bernard Héron a publié ses premiers dessins dans la collection Folio junior. Depuis, il a illustré de nombreux ouvrages : *Au pays du grand condor, Les oiseaux de feu, Le poney rouge.*

Pierre Marie Valat a dessiné la couverture de *L'amour de la vie.* Né à Saumur en 1953, il a étudié le dessin à l'École des arts décoratifs de Paris, avant de se consacrer à l'illustration de livres pour la jeunesse. Il aime les images simples, bien construites, la symétrie et les couleurs vives. Mais il sait aussi composer des images tendres et poétiques.

Pour Folio Junior, il a réalisé de nombreuses couvertures parmi lesquelles la série des *Flicka* de Mary O'Hara, *Vendredi ou la vie sauvage* de Michel Tournier.

ISBN : 2-07-051400-5
Loi n° 49-956 du 16 juillet 1949
sur les publications destinées à la jeunesse

1er dépôt légal dans la même collection · janvier 1993
Dépôt légal : février 2004
N° d'édition : 129584 - N° d'impression : 66839
Imprimé en France sur les presses de la Société Nouvelle Firmin-Didot

Jack London

L'amour de la vie

suivi de

Negore le lâche

Traduit de l'anglais par P. Wenz

Illustrations de Bernard Héron

Gallimard

L'amour de la vie

Alors qu'ils descendaient le long de la berge en boitant douloureusement, l'homme qui marchait le premier chancela soudain parmi les rochers. Tous deux étaient fatigués et faibles, leurs visages contractés avaient cette expression de patience que donnent les privations longtemps endurées. Ils étaient lourdement chargés de couvertures roulées

et retenues par des courroies à leurs épaules : d'autres sangles qui leur passaient sur le front aidaient à soutenir le fardeau. Chaque homme portait un fusil et marchait plié en deux, les épaules en avant, la tête penchée, les yeux à terre.

– Si seulement j'avais deux cartouches... Dire que notre réserve est là-bas, enfouie dans notre cache, dit le second homme.

Sa voix était atone et lugubre. Il parlait sans enthousiasme ; l'autre qui traversait en boitant le courant écumant et laiteux, parmi les rochers, ne répondit pas.

Son compagnon le suivit sur les talons. Ils n'avaient pas enlevé leurs chaussures. L'eau était si froide que leurs chevilles leur faisaient mal et que leurs pieds s'engourdirent. A certains endroits, l'eau atteignait leurs genoux et tous deux chancelaient en cherchant où mettre le pied.

Celui qui était derrière glissa sur une pierre

lisse, tomba presque mais reprit son équilibre d'un violent effort ; au même instant, il cria de douleur. Il se sentit faible et la tête lui tourna ; tandis qu'il titubait, il étendit sa main libre comme s'il cherchait un support dans le vide. Une fois d'aplomb, il avança mais glissa de nouveau et manqua de tomber. Alors il se tint immobile et regarda l'autre qui pas une fois n'avait tourné la tête.

Pendant une minute entière, il resta sans bouger comme s'il se consultait, puis il cria :

– Bill, je me suis foulé la cheville.

Bill, sans un regard derrière lui, continua à chanceler au travers du courant laiteux. L'homme le vit s'en éloigner, et quoique son visage fût aussi dénué d'expression qu'auparavant, ses yeux étaient semblables à ceux d'une biche blessée.

Son compagnon monta en boitant la berge opposée, et continua son chemin droit devant lui, sans se retourner. L'homme qui était encore au

milieu du courant le regarda. Ses lèvres tremblèrent un peu, sa langue sortit pour les humecter et le poil rude et brun qui les couvrait remua visiblement.

– Bill ! cria-t-il.

C'était le cri implorant d'un homme en détresse, mais Bill ne bougea pas la tête : l'autre le regarda s'éloigner ; il boitait grotesquement et titubait, en montant d'un pas indécis la pente douce qui allait rejoindre la ligne délicate que la petite colline traçait à l'horizon. Ses yeux suivirent Bill jusqu'au moment où il eut atteint la crête et disparu. Alors il détourna son regard et lentement contempla le cercle du monde dans lequel il restait seul, maintenant que son compagnon était parti.

Près de l'horizon, le feu du soleil couvait, obscur et presque masqué par les brouillards et les vapeurs informes, mais qui donnaient une impres-

sion de masse et de densité intangible et sans contour.

L'homme sortit sa montre en portant tout son poids sur une jambe. Il était quatre heures, et comme on se trouvait aux environs des derniers jours de juillet ou du 1er août – il ignorait la date précise à une semaine près – il savait que le soleil devait marquer approximativement le nord-ouest.

Il regarda vers le sud ; il savait que quelque part, derrière ces hauteurs mornes, il y avait le lac du Grand-Ours ; il savait aussi que dans cette direction, le redoutable cercle arctique coupait son chemin au travers des déserts canadiens. Le courant, dans lequel il était, alimentait la rivière Coppermine qui à son tour coulait vers le nord et se vidait dans le golfe du Couronnement et dans l'océan Arctique. Jamais il n'y était allé, mais un

jour il avait étudié cette région sur une carte de la Compagnie de la Baie d'Hudson.

Son regard compléta le cercle autour de lui : ce n'était pas un spectacle réjouissant. Partout, la ligne douce de l'horizon, les collines toutes basses. Il n'y avait ni arbres, ni buissons, ni herbe, rien qu'une désolation terrible à cause de son immensité. Cette vue mit promptement la frayeur dans ses yeux.

– Bill ! murmura-t-il une fois, puis une fois encore, Bill !

Toujours debout dans l'eau laiteuse, il se sentit tout petit comme si l'immensité pesait sur lui avec une force écrasante, et le broyait brutalement de son calme terrifiant.

Il commença à trembler comme dans un accès de fièvre si bien que sa carabine tomba de sa main en l'éclaboussant. Cet incident le ramena à lui-même : il lutta contre sa peur, se ressaisit et,

tâtonnant dans l'eau, retrouva son arme. Il reporta le poids de son fardeau sur l'épaule gauche afin d'alléger en partie la cheville démise. Puis il s'avança doucement et prudemment vers la berge tout en grimaçant de douleur.

Il ne s'arrêta pas. Avec un désespoir proche de la folie, sans prendre garde à la douleur, il se hâta de remonter la pente de la colline derrière laquelle son camarade avait disparu. Mais à la crête, il découvrit une vallée peu profonde et sans vie. De nouveau il lutta contre sa frayeur, la surmonta, fit peser sa charge plus encore sur l'épaule gauche et clopin-clopant descendit la pente.

Le fond de la vallée était saturé d'eau que la mousse épaisse retenait à la surface comme une éponge. A chaque pas, l'eau giclait de dessous ses semelles et chaque fois qu'il levait un pied, le mouvement se terminait par un bruit de succion comme si la mousse lâchait prise à regret. Il fit son

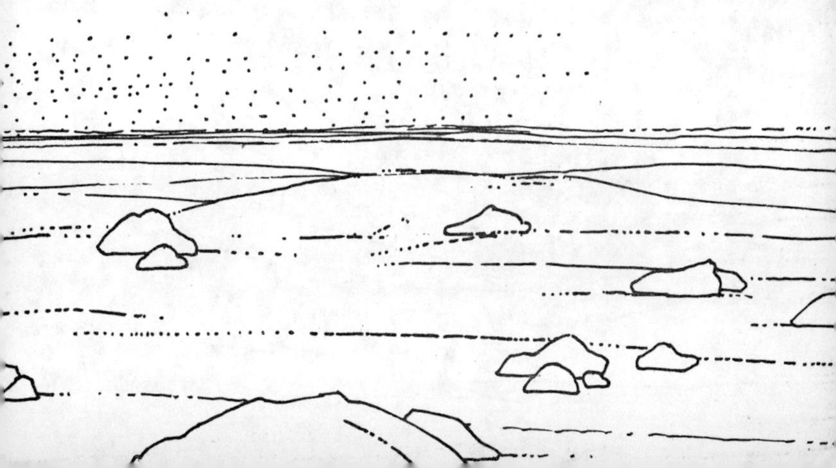

chemin pas à pas et suivit les traces de l'autre homme en empruntant les petits bancs de rochers qui sortaient comme autant d'îles de cette mer de mousse.

Il était seul, mais pas égaré. Il savait que plus loin, il arriverait dans la zone où les pins et les sapins morts, minuscules et rabougris, bordaient la rive d'un petit lac ; c'était le *titchinnichilie* dans la langue du pays, « la contrée des petits bâtons ». Et dans ce lac coulait une petite rivière qui n'était pas laiteuse. On y trouvait des roseaux, cela il se le rappelait bien, mais pas de bois ; il la suivrait jusqu'au point où le premier filet d'eau sort de la colline. Il traverserait cette colline et atteindrait la source d'une autre rivière qui s'en va vers l'ouest et qu'il longerait jusqu'à son confluent avec le fleuve Dease : là il trouverait une cache sous un canot renversé et couvert d'un amas de pierres. Dans cette cache il y aurait des munitions pour sa cara-

bine vide, des hameçons et des lignes, un petit filet, tout ce qui est nécessaire pour tuer et attraper la nourriture. Il trouverait aussi de la farine – pas beaucoup –, un morceau de lard et des haricots.

Bill l'attendrait là-bas et ils descendraient à la pagaie la Dease vers le sud jusqu'au lac du Grand-Ours. Ils iraient au sud, traverseraient le lac et gagneraient le Mackenzie et toujours vers le sud ils continueraient alors que l'hiver les poursuivrait en vain ; que la glace se formerait dans le creux des rives et qu'au fil des jours l'air deviendrait plus froid et plus mordant. Et ils iraient à un poste de la baie d'Hudson où on peut se chauffer, où le bois pousse grand et généreux et où il y a des vivres à foison.

Telles étaient les pensées de l'homme alors qu'il poussait de l'avant. Mais s'il luttait de son corps, il luttait autant de son esprit, tâchant de se persuader que Bill ne l'avait pas abandonné, que Bill sûre-

ment l'attendrait à la cache. Il était forcé de penser cela, sinon il eût été inutile de lutter et il se serait couché pour mourir. Et pendant que le globe obscurci du soleil descendait doucement dans le nord-ouest, il se représentait, pas à pas, leur fuite devant l'hiver menaçant. Et il énumérait dans son esprit toutes les provisions que contenait la cache et les vivres du comptoir de la Compagnie de la Baie d'Hudson.

Ça faisait deux jours qu'il n'avait pas mangé ; depuis plus longtemps encore il n'avait pas mangé à sa faim. Souvent il se baissait et ramassait les baies pâles de muskeg, les mettait dans sa bouche, les mâchait et les avalait. Une baie de muskeg est un grain enfermé dans un peu d'eau ; l'eau fond dans la bouche et le grain mâché est sur et amer. L'homme savait que les baies ne possèdent aucune valeur nutritive, mais il les mâchait patiemment

avec un espoir qui, plus fort que la science, défiait l'expérience.

A neuf heures il heurta son orteil à l'arête d'un rocher, chancela et tomba d'éreintement et de faiblesse. Il resta couché sur le côté, sans mouvement ; puis il se dégagea des courroies de son fardeau et se mit maladroitement sur son séant. Il ne faisait pas encore noir, et à la lueur du crépuscule, il se traîna parmi les rochers pour trouver des lambeaux de mousse sèche. Après en avoir ramassé un tas, il construisit un feu, un feu qui couvait sans force, et mit à bouillir de l'eau dans un pot de fer-blanc.

Il défit son fardeau et son premier soin fut de compter ses allumettes : il en avait soixante-sept ; il les compta trois fois pour plus de sûreté. Il les divisa en plusieurs lots qu'il enveloppa dans du papier huilé, puis mit un paquet dans sa blague a tabac vide, un autre dans la coiffe de son chapeau

déformé, un troisième sous sa chemise contre sa poitrine : quand il eut fini, la terreur le prit ; il défit les trois paquets et les compta encore une fois. Il y en avait toujours soixante-sept.

Il sécha ses chaussures mouillées, près du feu, les mocassins étaient des loques flasques ; les chaussettes coupées dans des couvertures de laine étaient trouées par endroits, et ses pieds à vif saignaient. Sa cheville l'élançait, il l'examina ; elle s'était enflée et était devenue de la grosseur de son genou. Il déchira une longue bande de l'une de ses deux couvertures et l'enroula serré autour de la cheville. Il découpa d'autres bandes dont il entoura ses pieds en guise de chaussettes et de mocassins. Puis il but le pot d'eau chaude, remonta sa montre et se coula sous ses couvertures.

Il dormit comme un mort. L'obscurité courte du milieu de la nuit vint et disparut ; le soleil se leva au nord-est, du moins le jour parut dans cette

direction, car le soleil était caché par des nuages gris.

A six heures, il s'éveilla, couché sur le dos. Il regarda droit vers le ciel gris et sut qu'il avait faim. Comme il se tournait sur son coude, il fut surpris d'entendre un ronflement sonore et vit un caribou mâle qui le regardait avec une curiosité alerte. L'animal n'était pas à plus de vingt mètres ; instantanément l'homme vit un filet savoureux de caribou chantant et grillant sur le feu. Machinalement, il tendit la main vers le fusil vide, visa et pressa la détente. Le caribou renâcla et s'enfuit ; les sabots résonnaient et claquaient parmi les rochers tandis qu'il détalait.

L'homme jura et jeta le fusil loin de lui ; il gémit tout haut lorsqu'il essaya de se mettre sur ses pieds. C'était une tâche difficile et lente ; ses jointures étaient comme des mécanismes rouillés, jouaient dans leurs alvéoles avec beaucoup de frot-

tement : chaque flexion, chaque raidissement ne pouvait s'accomplir que grâce à un effort de volonté. Une fois sur ses pieds, il lui fallut une minute ou deux pour se mettre droit.

Il se traîna vers un petit monticule et regarda devant lui. Il n'y avait ni arbres, ni buissons, rien qu'une mer de mousse grise à peine coupée par des rochers gris, de petits lacs et des ruisseaux gris. Le ciel était gris : il n'y avait ni soleil ni espoir de soleil. Il n'avait pas idée où était le nord et il avait oublié la direction qu'il avait prise la nuit précédente pour arriver à cet endroit. Mais il n'était pas perdu, il le savait. Il parviendrait bientôt au « pays des petits bâtons » : il avait le sentiment que c'était quelque part vers la gauche, pas loin, qui sait, juste de l'autre côté de la première colline basse.

Il revint sur ses pas pour mettre son bagage en ordre pour la route. Il s'assura de la présence des trois différents paquets d'allumettes, mais sans

s'attarder cette fois à les compter. Mais il hésita, incertain, au sujet d'un sac bien bourré, en peau d'élan qui pourtant n'était pas volumineux – il pouvait le cacher sous ses deux mains ; il savait qu'il pesait quinze livres, autant que le reste du bagage. Ce sac le tourmentait. Finalement, il le posa de côté et se mit à rouler son paquetage. Il s'arrêta pour regarder le sac de cuir qu'il ramassa à la hâte, en jetant tout autour de lui un regard méfiant, comme si la désolation allait le lui voler Quand il se mit sur ses pieds pour commencer la marche chancelante de la journée, le sac faisait partie du bagage qu'il avait sur le dos.

Il alla vers la gauche, en s'arrêtant de temps a autre pour manger des baies de muskeg. Sa cheville était ankylosée, il boitait plus bas, mais la douleur n'était rien, comparée à celle de son estomac. Les tiraillements de la faim étaient aigus et le mordaient sans relâche si bien qu'il ne pouvait pas

fixer son esprit sur la route à suivre pour gagner le « pays des petits bâtons ». Les baies de muskeg n'apaisaient pas ces tiraillements, leurs morsures rendaient douloureux sa langue et son palais.

Il arriva dans une vallée où les *ptarmigans*[1] de rocher se levaient des muskegs et de l'arête des rocs avec un bruissement d'ailes et en criant : « ker, ker, ker ». Il leur lança des pierres, mais ne put les atteindre ; il posa son bagage et les poursuivit comme un chat poursuit un moineau. Les rochers aigus coupèrent ses pantalons jusqu'à ses genoux, qui étaient couverts de sang. Mais cette douleur était plus supportable que celle de la faim. Il se roula dans la mousse mouillée ; ses vêtements furent trempés et il se gela le corps ; mais il ne s'en aperçut pas, tant sa quête fébrile pour trouver à manger était grande. Et chaque fois les ptarmigans

1. Sorte de coq de bruyère.

se levaient, voletaient devant lui, jusqu'à ce que leurs « ker, ker, ker » deviennent pour lui une moquerie ; il les maudit et tout haut leur jeta leur propre cri.

Une fois, il rampa vers un oiseau qui devait dormir : il ne l'aperçut que quand la bête se leva de son coin de rocher et lui frappa la figure. Aussi surpris que le ptarmigan, il tenta de le saisir et seules trois plumes de sa queue lui restèrent dans les mains. Pendant qu'il le regardait voler, il l'injuria, comme si l'oiseau l'avait offensé. Puis il revint sur ses pas et reprit son bagage.

A mesure que le jour avançait, il arriva dans des vallées où le gibier était plus abondant. Une bande de caribous comptant une vingtaine d'animaux passa à portée de carabine, un supplice de Tantale. Il sentit un désir fou de les poursuivre, certain de pouvoir les atteindre. Un renard noir vint de son côté ; il portait un ptarmigan dans la gueule.

L'homme hurla : c'était un cri terrible, mais le renard, bondissant de frayeur, ne lâcha pas sa proie.

Tard dans l'après-midi, il suivit un ruisseau, blanc de chaux, qui courait au travers de minces bouquets de joncs épars. Saisissant ces joncs fermement près de la racine, il tira dessus ; on aurait dit une pousse d'oignon pas plus grosse qu'un clou à ardoises.

C'était tendre et ses dents l'entamaient avec un broiement qui promettait un régal. Mais les fibres étaient résistantes, des filaments filandreux saturés d'eau et, comme les baies, sans aucune valeur nutritive. Il se débarrassa de son bagage et alla sur les genoux et sur les mains parmi les joncs en ruminant comme un bovidé.

Il était harassé et souhaitait souvent se reposer, se coucher et dormir ; mais il était continuellement poussé, non pas tant par le désir de gagner le

« pays des petits bâtons » que par la faim. Dans les petites mares il chercha des grenouilles et fouilla la terre avec ses ongles pour y trouver des vers alors qu'il savait très bien que ni grenouilles ni vers n'existaient si loin vers le nord.

Il regarda en vain dans chaque mare. Enfin, vers le crépuscule, il découvrit dans l'une d'elles un poisson solitaire, pas plus gros qu'un véron. Il plongea son bras jusqu'à l'épaule, mais le manqua. Il le chercha des deux mains et remua la boue laiteuse du fond. Dans son ardeur, il tomba dans la mare et se trempa jusqu'à la ceinture. Puis, l'eau devint trop trouble pour lui permettre de voir le poisson, et il lui fallut attendre qu'elle se fût éclaircie.

Il renouvela la poursuite jusqu'au moment où l'eau redevint boueuse, mais il ne pouvait attendre davantage ; il déboucla son seau de fer-blanc et commença à vider la mare. Tout d'abord, il tra-

vailla avec tant d'ardeur qu'il s'éclaboussa, et jeta l'eau trop près, de sorte qu'elle retournait à la mare. Puis il fit preuve de plus de méthode et essaya de rester calme malgré son cœur qui battait contre ses côtes et ses mains tremblantes. Au bout d'une demi-heure, la mare était presque à sec : il n'y restait plus une tasse d'eau. Pas de poisson.

Il trouva parmi les pierres une crevasse cachée par laquelle le poisson s'était échappé dans une mare voisine plus grande, qu'il n'aurait pas vidée en un jour et une nuit. S'il avait su l'existence de la crevasse, il aurait pu la boucher à l'aide d'une pierre dès le commencement et il aurait attrapé le poisson.

A cette pensée il s'affaissa sur la terre humide. Il pleura doucement, puis tout haut, à la désolation impitoyable qui l'entourait, et longtemps après il fut secoué par de gros sanglots sans larmes.

Il alluma un feu et se chauffa en buvant des

quarts d'eau chaude, puis installa son camp sur un rebord de rocher comme il l'avait fait la nuit précédente. Son dernier acte fut de voir si ses allumettes étaient sèches et de remonter sa montre. Les couvertures étaient humides. Sa cheville avait des élancements douloureux. Mais il ne savait qu'une chose : il avait faim ; et durant son sommeil agité, il rêva de fêtes, de banquets et de mets présentés de toutes les façons imaginables.

Il se réveilla transi et défaillant. Il n'y avait pas de soleil. Le gris du ciel et de la terre était devenu plus foncé, plus profond. Un vent âpre soufflait et les premières nappes de neige blanchissaient le sommet des collines. Autour de lui, l'air s'était épaissi et avait blanchi alors qu'il faisait encore bouillir de l'eau. C'était de la neige mêlée de pluie, dont les flocons étaient larges et inconsistants. D'abord ils fondirent au contact de la terre ; mais il en tomba tant que le sol en fut couvert. Le feu

s'éteignit et la provision de mousse sèche fut perdue.

Ce fut pour lui le signal de remettre le bagage sur son dos et de partir, il ne savait pas pour où. Il ne songeait pas au « pays des petits bâtons » ni à Bill, ni à la cache sous le canot retourné près de la Dease. Il était subjugué par le mot Manger. Il était fou tellement il avait faim. Il ne prenait pas garde à la direction qu'il suivait pourvu qu'elle menât toujours par le fond des petites vallées. Il traversa un champ de neige pour arriver aux baies de muskeg et c'est à tâtons qu'il trouva les roseaux qu'il tira par les racines. Mais cette nourriture n'avait aucun goût et ne le satisfit point. Il découvrit une herbe aigre et mangea toute la partie supérieure, ce qui était peu, car la plante rampante disparaissait sous quelques centimètres de neige.

Ce soir-là, il n'eut ni feu, ni eau chaude et se

coula sous la couverture pour dormir d'un sommeil agité par la faim.

La neige se changea en pluie froide, il se réveilla maintes fois car il la sentait tomber sur sa figure. Le jour vint, un jour gris et sans soleil. La pluie avait cessé, l'acuité de sa faim avait disparu. La sensibilité, en ce qui concernait le désir de manger, était tarie. Il sentait dans ses entrailles une souffrance sourde et profonde, mais cela ne le tourmentait plus autant. Il était devenu plus raisonnable et, une fois encore, le « pays des petits bâtons » éveillait son intérêt ainsi que la cache près de la rivière Dease.

Il déchira le reste d'une de ses couvertures, en fit des bandes qu'il enroula autour de ses pieds en sang. Il resserra le bandage de sa cheville blessée et se prépara pour une journée de marche. Lorsqu'il refit son bagage, il hésita longtemps en regar-

dant le sac bien bourré, en peau d'élan, mais à la fin le prit avec lui.

La neige avait fondu sous l'effet de la pluie, et les crêtes des collines seules montraient une blancheur. Le soleil ayant disparu, l'homme arriva à s'orienter sans ignorer pourtant qu'il s'était égaré. Peut-être dans son vagabondage des jours précédents avait-il appuyé trop sur la gauche. Maintenant il alla vers la droite afin de reprendre la bonne direction, au cas où il se serait trompé.

Si les tiraillements de la faim n'étaient plus si aigus, il constata qu'il était toujours faible. Il lui fallait s'arreter souvent pour prendre haleine, alors il s'attaquait aux baies de muskeg et aux mottes de roseaux.

Sa langue lui parut sèche, enflée et comme couverte de poils : il avait un goût amer dans la bouche. Son cœur lui donna de grandes inquiétudes ; après quelques minutes de marche, il com-

mençait à battre à grands coups répétés, puis à bondir en une série de pulsations douloureuses qui l'étouffaient, l'affaiblissaient et lui donnaient le vertige.

Au milieu de la journée, il trouva deux petits poissons dans une grande mare. Il était impossible de la vider ; mais comme il était plus calme maintenant il arriva à les attraper avec son seau de fer-blanc. Ils n'étaient pas plus longs que son petit doigt, mais il n'avait pas grand faim. La douleur sourde de ses entrailles s'était émoussée et affaiblie ; il lui semblait que son estomac s'était endormi. Il mangea le poisson cru, en le mâchant avec grand soin, car manger était un acte de pure raison. Même sans éprouver le désir de manger, il savait qu'il lui fallait manger pour vivre.

Le soir, il attrapa encore trois poissons, en mangea deux et garda le troisième pour le déjeuner du matin. Le soleil avait séché des lambeaux de

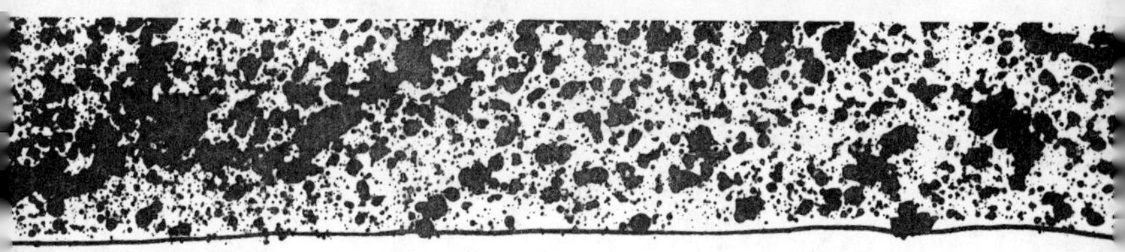

mousse ; il put se réchauffer avec de l'eau chaude. Il n'avait pas fait plus de quinze kilomètres ce jour-là : le jour suivant, marchant quand son cœur le lui permettait, il n'en fit pas plus de sept. Mais son estomac endormi ne lui donna pas la moindre inquiétude.

Il se trouvait dans un pays nouveau : des caribous commençaient à se montrer fréquemment, ainsi que des loups. Souvent leurs hurlements s'élevaient au milieu de la désolation ; une fois il en vit trois s'enfuir devant lui.

Une autre nuit, puis le matin : comme il était capable de raisonner, il dénoua le lien de cuir qui fermait le sac en peau d'élan. De l'ouverture coula un filet jaune de poudre d'or et de pépites. Il partagea son magot à peu près en deux moitiés, cacha l'une sous un rocher, enveloppée dans un morceau de couverture, et remit l'autre dans le sac. Il commença à se servir des morceaux de sa dernière cou-

verture pour bander ses pieds. Il garda son fusil, car il y avait des cartouches dans la cache près de la rivière Dease.

Au cours de cette journée de brouillard, la faim se réveilla de nouveau en lui. Il était très faible et souffrait de vertiges qui parfois le rendaient aveugle. Il n'était pas rare maintenant qu'il chancelât et tombât ; et une fois il s'écroula en plein sur un nid de ptarmigans. Quatre jeunes venaient d'y éclore la veille, fragments de vie pantelante qui ne formeraient qu'une bouchée. Il les mangea gloutonnement en les mettant vivants dans sa bouche et les broya entre ses dents comme des coquilles d'œufs. La mère vola autour de lui en criant ; il se servit de son fusil comme d'une massue pour l'assommer, mais elle se maintint hors de portée. Il lui jeta des pierres et par hasard lui cassa une aile. Alors elle s'enfuit en voletant ; son aile brisée bat-

tait lamentablement, tandis que l'homme se lançait à sa poursuite.

Les petits n'avaient fait qu'aiguiser son appétit. Il sautillait et clopin-clopant, à cause de sa cheville, lançait des pierres et parfois jetait des cris rauques. Parfois il allait silencieux, se ramassait, renfrogné et patient quand il tombait, ou se frottait les yeux de ses mains quand le vertige menaçait de le prendre.

La poursuite le mena dans un terrain marécageux, au fond de la vallée, et il aperçut des empreintes dans la mousse molle. Ce n'étaient pas les siennes, il en était sûr ; donc ce devaient être celles de Bill. Mais il ne pouvait pas s'arrêter, car l'oiseau fuyait toujours : il l'attraperait d'abord puis reviendrait pour reconnaître les empreintes.

Il fatigua la « bête », mais se fatigua aussi lui-même. Elle était couchée sur le côté, haletante, il était couché sur le flanc, haletant, à quatre mètres

de distance, incapable de ramper vers elle. Et tandis qu'il reprenait des forces, elle en reprit en même temps ; l'oiseau voleta hors de portée au moment où la main rapace de l'homme allait le saisir. La chasse recommença : la nuit survint et la mère ptarmigan s'échappa. Son bagage toujours sur le dos, il trébucha de faiblesse et, tombant la tête en avant, il se coupa la joue.

Pendant longtemps, il ne bougea plus, puis il roula sur le côté, remonta sa montre et resta là couché jusqu'au matin.

Un autre jour de brouillard. La moitié de sa couverture lui avait servi à faire des pansements pour ses pieds. Il ne put retrouver les traces de Bill, cela ne faisait rien ; sa faim le poussait avec trop de force ; pourtant il se demandait si Bill lui aussi était perdu.

La fatigue causée par sa charge devenait insupportable ; il partagea de nouveau l'or ; cette fois, il

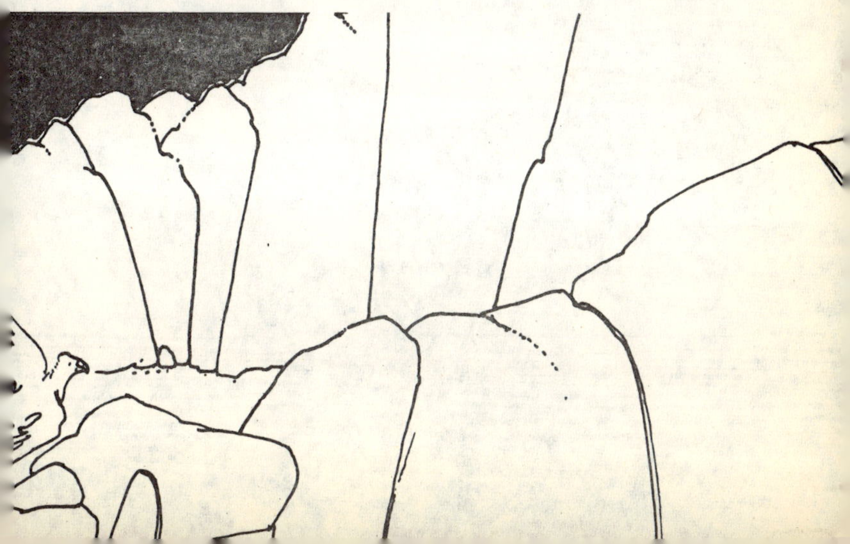

se contenta de verser la moitié sur le sol. L'après-midi, il jeta le reste. Il ne gardait plus qu'une demi-couverture, le seau de fer-blanc et sa carabine.

Une hallucination commença à le saisir : il était persuadé qu'il lui restait une cartouche oubliée dans le magasin de son fusil ; d'autre part il savait que l'arme était vide, mais l'hallucination persistait. Pendant des heures il la combattit, puis vérifia le chargeur et constata qu'il était bien vide. Le désappointement fut aussi amer que s'il avait réellement espéré trouver une cartouche.

Il continua sa marche pendant une demi-heure lorsque l'hallucination recommença. Il lutta de nouveau ; il lui fallut vérifier une fois encore le magasin de sa carabine, rien que pour se convaincre. Par moments, l'esprit au loin, il continuait à marcher, tel un automate, tandis que des idées étranges et des lubies lui rongeaient le cerveau

comme des vers. Mais ces divagations étaient de courte durée car les angoisses de la faim mordante le rappelaient sans cesse à la réalité.

Il fut tiré d'une de ces rêveries par un spectacle qui faillit le faire s'évanouir. Il tourna sur lui-même et chancela comme un homme ivre qui se retient de tomber. Devant lui, il y avait un cheval... un cheval ! Il ne pouvait en croire ses yeux, car ils étaient voilés d'un épais brouillard troué de points de lumière brillants. Il les frotta furieusement pour rendre sa vision plus claire et vit non pas un cheval mais un grand ours brun. L'animal l'étudiait avec une curiosité belliqueuse.

L'homme avait presque épaulé sa carabine avant d'être revenu à la réalité : il l'abaissa et sortit son couteau de chasse de la gaine ornée de perles qui pendait à sa hanche. Devant lui, il y avait de la viande... la vie. Il fit glisser son pouce le long du fil de la lame ; elle était bien aiguisée. Il

allait se précipiter sur la bête et la tuer. Mais son cœur recommença à le prévenir par ses battements, ses bonds fous et une série de palpitations : un étau de fer semblait lui presser le front, le vertige lui montait au cerveau.

Son courage désespéré fut chassé par un grand sursaut de peur : faible comme il était, que ferait-il si l'animal l'attaquait ? Il se redressa de toute sa hauteur, serrant son couteau, les yeux braqués sur l'ours. L'animal fit gauchement deux pas en avant, se mit sur ses pattes de derrière et essaya un grognement. Si l'homme s'enfuyait, il le poursuivrait ; mais l'homme ne s'enfuit pas, animé soudain du courage de la frayeur. Lui aussi grognait, sauvagement, furieusement, donnant voix à la peur, cette sœur de la vie qui repose enroulée autour des racines les plus profondes de l'existence.

L'ours s'éloigna de côté, grognant des menaces, étonné de cette créature mystérieuse qui apparais-

sait, debout et sans peur. Mais l'homme ne bougea pas ; il se tint comme une statue en attendant que le danger fût passé ; alors il succomba aux tremblements et tomba sur la mousse humide.

Il se ressaisit, et continua, rempli à présent d'une autre frayeur. Ce n'était plus l'effroi de mourir passivement du manque de nourriture, mais bien la peur d'être anéanti de façon violente avant que la faim n'eût détruit le dernier souffle qui soutenait en lui le désir de vivre. Il y avait les loups : leurs hurlements traversaient la désolation, et semblaient tisser l'air même en un voile menaçant, si tangible que l'homme se surprit, les bras levés comme pour le repousser loin de lui telles les parois d'une tente abattue par le vent.

De temps à autre, les loups traversaient son chemin en troupes de deux et de trois ; mais ils passaient à distance. Ils n'étaient pas en nombre suffisant ; d'ailleurs ils chassaient le caribou qui ne se

bat pas, tandis que cette étrange créature qui marchait debout aurait pu griffer et mordre.

Tard dans l'après-midi il trouva des os épars, à l'endroit où les loups avaient tué. Ces restes avaient été une heure auparavant un jeune caribou beuglant, courant et plein de vie. Il regarda les os nettoyés et polis, encore rosés de cellules de vie qui n'étaient pas encore mortes. Etait-ce possible qu'il subisse le même sort avant la fin du jour ? C'était ça la vie ? Une chose vaine et fugitive. Seule la vie fait souffrir, il n'y a pas de souffrance dans la mort. Mourir, c'était dormir, c'était la fin, le repos. Alors pourquoi n'était-il pas satisfait de mourir ?

Mais ses réflexions ne durèrent pas longtemps. Assis dans la mousse, un os dans la bouche, il suçait les bribes de vie qui le coloraient encore légèrement de rose. Le goût agréable de la viande, à peine prononcé et fugitif comme un souvenir, le rendit fou. Il ferma les mâchoires sur l'os et

broya : parfois l'os se brisait, parfois c'étaient ses dents. Puis il cassa les os entre des pierres, les moulut en une bouillie qu'il avala. Dans sa hâte, il se broya les doigts et malgré cela trouva le temps de s'étonner du fait que ses mains ne le faisaient pas beaucoup souffrir.

Vinrent des jours terribles de neige et de pluie. Il ne savait pas quand il avait campé, quand il s'était remis en route ; il voyageait la nuit autant que le jour. Il se reposa chaque fois qu'il tombait, se traîna pour poursuivre son chemin chaque fois que la vie mourante qui était en lui se rallumait et brûlait un peu plus. En tant qu'homme, il ne luttait plus ; c'était la vie qui ne voulait pas cesser et qui le poussait de l'avant. Il ne souffrait pas ; ses nerfs s'étaient émoussés, paralysés, alors que son cerveau était rempli de visions étranges et de rêves délicieux.

Cependant il suçait et mâchait les os broyés du

jeune caribou dont il avait ramassé et emporté les plus petits débris. Il ne traversa plus ni collines ni monts, mais suivit instinctivement un grand fleuve, qui coulait dans une vallée large et peu profonde. Il ne vit ni le fleuve, ni la vallée ; il ne vit rien, sinon des visions. Son âme et son corps se traînaient côte à côte et cependant séparés l'un de l'autre, tant le fil qui les unissait était ténu.

Il se réveilla très lucide, il était couché sur le dos, au rebord d'un rocher. Le soleil brillait clair et chaud. Au loin, il entendit le beuglement de jeunes caribous. Il se souvenait vaguement de pluie, de vent et de neige, mais sans savoir s'il avait été pris dans la tempête pendant deux jours ou deux semaines.

Un moment, il resta couché sans mouvement ; le gai soleil l'inondait, pénétrant de sa chaleur son corps misérable. Une belle journée, pensa-t-il. Peut-être arriverait-il à se repérer : d'un effort

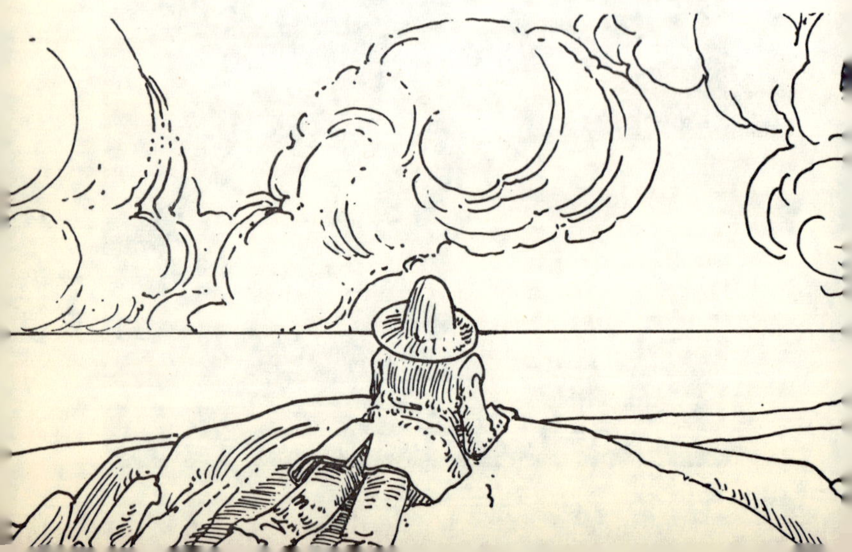

pénible il roula sur le côté. Au-dessous de lui coulait une large rivière ; au cours lent dont l'aspect étrange l'embarrassa. Il la suivit doucement des yeux : elle se déroulait, avec de larges boucles, parmi les monts nus et froids, plus nus, plus froids et moins élevés que les sommets qu'il avait rencontrés jusqu'alors.

Lentement, posément et sans montrer plus qu'un intérêt passager, il regarda le cours de la rivière inconnue vers la ligne d'horizon et la vit se déverser dans une mer calme et éclatante. Il restait sans émotion : étrange, pensa-t-il ; était-ce une vision ou un mirage ? Plutôt une vision, une fantasmagorie de son esprit déséquilibré. Cette idée se confirma lorsqu'il vit un bateau, à l'ancre, au milieu de la mer resplendissante. Il ferma les yeux pendant un moment, puis les rouvrit. Chose curieuse, la vision persistait ; pourtant non. Ce n'était pas bizarre. Il savait qu'il n'y avait ni mers

ni bateaux au cœur de ce pays stérile, tout comme il avait su qu'il n'y avait pas de cartouches dans sa carabine vide.

Il entendit un grognement derrière lui, une sorte de soupir ou de toux à demi étranglée ; il roula sur l'autre côté, très doucement, à cause de sa faiblesse excessive. A proximité, il ne voyait rien, mais il attendit patiemment. De nouveau il entendit le grognement et la toux ; il perçut la tête grise d'un loup, une silhouette entre deux rochers déchiquetés, à moins de dix mètres de lui. Contrairement aux autres animaux de cette espèce, les oreilles pointues étaient légèrement couchées, les yeux chassieux et veinés de sang, la tête semblait pendre mollement et sans volonté. La bête clignait des paupières continuellement sous le soleil, et paraissait malade ; tandis qu'il regardait, le loup renifla et toussa de nouveau.

Cela au moins était réel, pensa-t-il ; et il se

retourna afin de voir la réalité du monde que la vision lui avait cachée. Mais la mer brillait encore dans le lointain et le vaisseau se discernait nettement. Etait-ce la réalité après tout ? Il ferma les yeux pendant longtemps, afin de réfléchir, puis il comprit. Comme il avait marché dans la direction nord-est, il s'était éloigné de la chaîne de Dease pour s'engager dans la vallée Coppermine. Cette mer éblouissante, c'était l'océan Arctique ; ce bateau, un baleinier égaré à l'est de l'embouchure du Mackenzie et ancré dans le golfe du Couronnement. Il se rappelait la carte de la Compagnie de la Baie d'Hudson, qu'il avait consultée il y a longtemps : tout était clair maintenant.

Il se mit sur son séant et porta son attention vers les problèmes de l'instant. Il avait usé complètement les morceaux de couverture qui pansaient ses pieds enflés et à vif. Sa dernière couverture, sa carabine et son couteau, tout avait disparu. Il avait

perdu son chapeau quelque part ainsi que les allumettes qui étaient dans la coiffe : mais celles qu'il portait contre sa poitrine étaient intactes et sèches dans la blague à tabac et le papier huilé. Il regarda sa montre ; elle marquait onze heures et marchait encore ; évidemment il n'avait pas oublié de la remonter.

Il était calme et maître de lui : malgré sa faiblesse, il n'éprouvait aucune sensation de douleur. Il n'avait pas faim : la pensée de manger ne lui était même pas plaisante et tout ce qu'il faisait était dicté par sa raison seule. Il déchira les jambes de ses pantalons jusqu'aux genoux et s'en enveloppa les pieds. Dieu seul sait comment il avait réussi à garder son seau de fer-blanc. Il allait avoir de l'eau chaude avant d'entreprendre ce qui lui semblait un terrible voyage vers le navire.

Ses gestes étaient lents, il tremblait comme pris de paralysie : lorsqu'il commença à ramasser de la

mousse sèche, il s'aperçut qu'il ne pouvait pas se tenir sur ses jambes. A plusieurs reprises il essaya, puis se résigna à se traîner à quatre pattes. Une fois il rampa du côté du loup malade. L'animal, comme à contrecœur, se dérangea de son chemin tout en léchant ses babines d'une langue qu'il semblait avoir peine à tenir retroussée. L'homme remarqua que, contre l'ordinaire, la langue n'avait pas la rougeur de la santé ; d'un brun jaunâtre elle semblait sèche et couverte d'un mucus rugueux.

Après avoir bu un quart d'eau chaude, l'homme estima qu'il lui était possible de se tenir debout, même de marcher autant qu'un moribond peut le faire. Presque à chaque minute, il était obligé de se reposer : ses pas étaient faibles et incertains, comme l'étaient ceux du loup qui le suivait ; et cette nuit-là, lorsque la mer brillante disparut dans l'obscurité, il comprit qu'il ne s'en était rapproché que de six kilomètres.

Pendant la nuit, il entendit la toux du loup malade et de temps à autre le beuglement des jeunes caribous. La vie était là, tout autour de lui, mais c'était de la vie forte, résistante et pleine de santé. Il savait bien que le loup malade s'attachait aux pas de l'homme malade dans l'espoir que l'homme mourrait le premier. Le matin, en ouvrant les yeux, il remarqua le loup qui le regardait avec des yeux envieux et affamés. L'animal se tenait accroupi, la queue entre les jambes, comme un chien misérable et triste. Il grelottait dans le vent glacial du matin et retroussait instinctivement les babines quand l'homme lui parlait d'une voix qui n'atteignait qu'à un chuchotement rauque.

Le soleil se leva brillant, et pendant toute la matinée l'homme chancela et tomba tout en suivant la direction où se trouvait le navire, vers la mer étincelante. Le temps était parfait ; c'était le court été indien des latitudes élevées. Cela pouvait

durer une semaine ; demain ou après-demain, le temps pouvait changer, aussi bien.

Dans l'après-midi, l'homme rencontra des traces, celles d'un autre homme qui n'avait pas marché mais qui s'était traîné à quatre pattes. Il pensa que cela aurait pu être Bill, mais dans son esprit cette idée demeura vague et désintéressée. Il n'avait aucune curiosité ; de fait, l'émotion et les sensations l'avaient abandonné. Dès lors il n'était plus sensible à la souffrance, l'estomac et les nerfs s'étaient endormis. Pourtant la vie qui l'habitait le poussait en avant : il était très fatigué ; mais cette étincelle de vie refusait de mourir. C'était parce qu'elle refusait de disparaître qu'il mangeait encore des baies de muskeg et des petits poissons, buvait de l'eau chaude et avait l'œil sur le loup malade.

Il suivit la trace de l'autre homme qui s'était traîné et arriva bientôt à... quelques os fraîchement

nettoyés, dans un endroit où la mousse spongieuse était marquée par les traces de pattes d'un grand nombre de loups. Il vit un petit sac bien bourré, en peau d'élan, le frère du sien, et que les dents aiguës avaient déchiré. Il le ramassa malgré le poids qu'il représentait pour ses doigts faibles. Bill l'avait porté jusqu'au bout, ha ! ha ! C'est lui qui pourrait rire de Bill ; il survivrait et porterait le sac au bateau sur la mer éclatante. Son rire était rauque et horrible comme un cri de corbeau, et le loup malade hurlant lugubrement se joignit à lui. L'homme coupa court à son hilarité. Comment pouvait-il rire de Bill, s'il s'agissait bien de lui, si ces os si blancs, si rosés et propres étaient Bill ?

Il se détourna : Bill l'avait abandonné, mais il ne voulait pas prendre l'or ni sucer les os de Bill. Pourtant Bill aurait fait ça, pensa-t-il, si les rôles avaient été renversés.

Il arriva à une mare. Alors qu'il se baissait pour

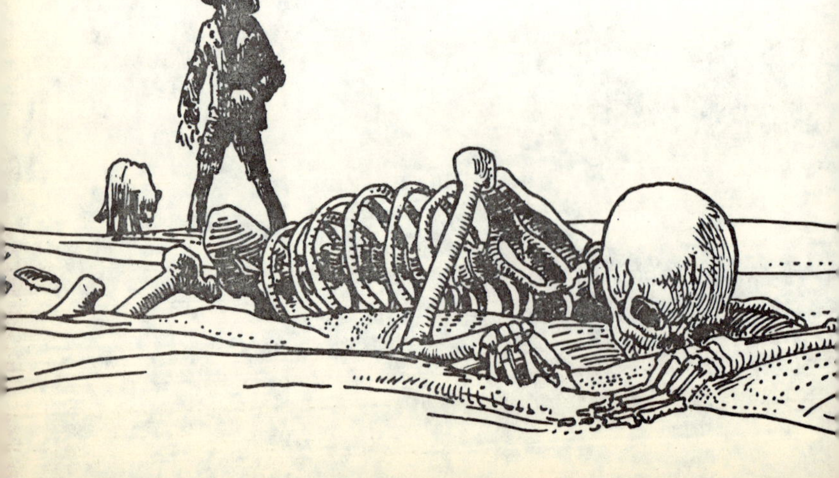

chercher des poissons, il rejeta sa tête en arrière comme s'il avait été piqué. Il avait vu son visage reflété dans l'eau. C'était si horrible que sa sensibilité se réveilla suffisamment pour être frappée par le spectacle. Il y avait trois poissons dans la mare, trop grande pour être vidée ; aussi, après plusieurs vaines tentatives pour les attraper dans le seau de fer-blanc, y renonça-t-il. Il craignit, à cause de sa grande faiblesse, de tomber et de se noyer. C'est pour cette même raison qu'il ne s'aventura pas sur la rivière, qu'il aurait pu descendre en enfourchant un des nombreux troncs d'arbres qui se trouvaient dans les anses de sable.

Ce jour-là, il avait diminué de cinq kilomètres la distance qui le séparait du navire. Le jour suivant, de trois ; car il rampait maintenant comme Bill avait rampé, et à la fin du cinquième jour il découvrit que le navire était éloigné de dix kilomètres : pourrait-il seulement en faire deux par

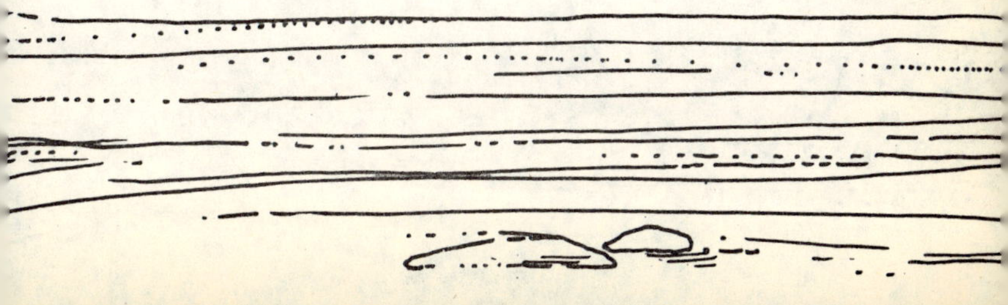

jour ? Comme l'été indien durait, l'homme continua à se traîner et à s'évanouir tour à tour, et toujours le loup malade toussait et reniflait sur ses talons.

Ses genoux à vif, comme ses pieds qu'il avait enveloppés dans la chemise qu'il avait précédemment sur le dos, laissaient derrière lui une trace rouge sur la mousse et sur les pierres. Une fois, regardant en arrière, il vit le loup qui léchait avidement ses traces sanglantes et comprit clairement quelle serait sa fin, s'il ne parvenait à tuer le loup.

Alors commença une tragédie, farouche comme jamais il n'y en eut : un homme malade qui rampait, un loup malade qui boitait. Deux créatures traînant leurs carcasses mourantes à travers la désolation, l'une à la poursuite de la vie de l'autre.

Si le loup avait été plein de santé, l'homme ne s'en serait pas tant soucié ; mais la pensée d'aller nourrir le ventre de cette bête dégoûtante et

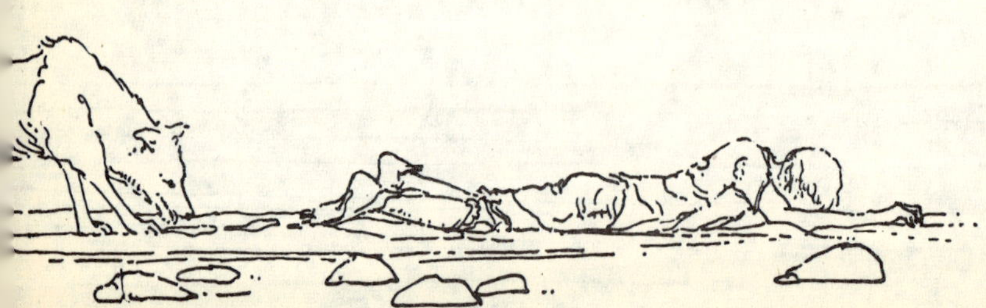

presque morte lui répugnait : il voulait mieux que ça, comme fin.

Son esprit avait commencé à battre la campagne et à être troublé par des hallucinations ; les intervalles de lucidité devenaient plus rares et plus courts.

Une fois, un sifflement à son oreille le sortit d'un évanouissement. Le loup recula, en boitillant, il perdit pied et tomba de faiblesse. Le spectacle était ridicule, mais n'amusa point l'homme ; il n'était même pas effrayé, car il était trop épuisé pour cela. Mais son esprit s'éclaircit pour un moment ; il se coucha et réfléchit. Le vaisseau n'était pas à plus de six kilomètres, il pouvait le voir bien distinctement quand il chassait le brouillard qui était devant ses yeux : il apercevait la voile blanche d'un petit bateau qui coupait la blancheur de la mer éblouissante. Mais jamais il ne pourrait se traîner sur une pareille distance. Il le

savait et malgré ça restait calme. Il savait qu'il serait incapable de faire cinq cents mètres et pourtant il voulait vivre : il n'y avait pas de raison qu'il mourût après avoir tant supporté. Le destin exigeait trop de lui ; mourant qu'il était, il refusait de mourir. C'était pure folie peut-être, mais même entre les griffes de la mort il la défiait.

Il ferma les yeux et se recueillit avec une précaution infinie. Il se raidit afin de se maintenir au-dessus de cette langueur qui léchait telle une marée montante toutes les profondeurs de son être. C'était bien une mer qui montait et montait, et noyait sa conscience petit à petit. Parfois, il était presque submergé, nageant dans l'oubli, d'une brasse qui faiblissait ; puis par une étrange alchimie de son âme, il retrouvait un reste de volonté et se débattait avec plus de force.

Couché sur le dos, sans mouvement, il entendit, se rapprochant doucement, de plus en plus, durant

un temps qui lui sembla interminable, le souffle haletant du loup malade. Pourtant il ne bougea pas. La bête était à son oreille : la langue dure et sèche râpa sa joue. Il jeta les mains en avant ou du moins trouva l'énergie de les jeter en avant ; ses doigts étaient recourbés comme des griffes, mais ils se fermèrent sur le vide.

L'agilité et la précision demandent de la force, et l'homme n'en avait point.

La patience du loup était terrible ; celle de l'homme ne l'était pas moins. Pendant une demi-journée, il resta couché, sans bouger ; il luttait pour ne pas sombrer dans l'inconscience, attendant cette chose qui allait se nourrir de lui et dont il voulait, lui, se repaître. Parfois la mer d'oubli se refermait sur lui et il plongeait dans de longs rêves ; mais au travers de tout, éveillé ou rêvant, il attendait toujours l'haleine poussive et la caresse râpeuse de la langue.

Il n'entendit pas l'haleine et glissa doucement d'un rêve à la sensation de la langue sur sa main. Il attendit. Les crocs se refermèrent doucement, la pression augmenta : le loup donnait ses dernières forces, afin d'enfoncer les dents dans la nourriture qu'il avait attendue depuis si lontemps. Mais l'homme, lui aussi, avait attendu longtemps, et la main lacérée se ferma sur la mâchoire.

Doucement, tandis que le loup luttait sans force, et que la main maintenait faiblement la gueule de la bête, l'autre main se glissa lentement dans la fourrure pour affermir la prise. Cinq minutes après, tout le poids du corps de l'homme était sur le loup. Les mains n'avaient pas assez de force pour étouffer l'animal, mais l'homme avait la figure pressée contre la gorge de la bête et sa bouche était pleine de poils. Au bout d'une demi-heure, l'homme eut la sensation d'un liquide tiède qui coulait dans sa gorge. Ça n'avait rien

d'agréable. C'était comme du plomb fondu qui lui pesait sur l'estomac, c'était sa volonté seule qui le forçait. Plus tard l'homme roula sur le dos et dormit.

Il y avait à bord du baleinier le *Bedford* une expédition scientifique. Du pont, ils remarquèrent, sur le rivage, un objet étrange qui descendait en direction de l'eau. Ils ne purent identifier l'objet, et comme ils étaient hommes de science, ils s'embarquèrent dans la chaloupe amarrée le long du navire et gagnèrent la grève afin de voir. Et ils découvrirent quelque chose de vivant qu'on pouvait à peine appeler un homme. Aveugle et inconscient, cela remuait par terre comme un ver monstrueux, avec des efforts pratiquement vains, mais persistants ; cela se tortillait et avançait peut-être de dix mètres par heure.

Trois semaines après, l'homme était allongé

dans une des couchettes du baleinier et racontait avec des larmes sur ses joues creuses qui il était et ce qu'il avait souffert. Il tint aussi des propos incohérents au sujet de sa mère, de la Californie du Sud si ensoleillée, et d'une maison parmi les orangers et les fleurs.

Peu de jours après, il était à table avec les hommes de science et les officiers du bord. Il dévorait des yeux toute cette nourriture et la regardait, avec anxiété, disparaître dans la bouche des autres. Alors que chaque bouchée était avalée, ses yeux prenaient une expression de regret profond. Il avait toute sa raison, pourtant il haïssait ces gens pendant les repas. La crainte que les vivres viennent à manquer le poursuivait. Il demanda au cuisinier, au boy de la cabine, au commandant, des renseignements sur les provisions du magasin. On le rassura maintes fois, mais il restait incrédule et

trouva des raisons pour fureter dans la cambuse afin de voir de ses propres yeux.

On remarqua que l'homme reprenait du poids ; chaque jour il engraissait. Les savants hochèrent la tête et firent des théories. Ils rationnèrent l'homme à ses repas, mais cependant son tour de taille augmentait et se gonflait d'une façon prodigieuse sous sa chemise.

Les marins souriaient ; eux savaient ; et lorsque les savants surveillèrent l'homme, ils comprirent aussi. Ils le virent aller à l'avant, le déjeuner fini, accoster un marin, la main tendue, tel un mendiant. Le marin sourit et lui passa un morceau de biscuit de mer. Il le saisit, le regarda comme un avare regarde de l'or et le cacha sous sa chemise. Les autres marins, tout en riant de lui, lui firent pareilles aumônes.

Les hommes de science, discrets, le laissèrent tranquille, mais ils examinèrent sa couchette en

secret. Elle était tapissée de biscuits : le matelas en était bourré, chaque fissure, chaque coin en était rempli. Pourtant, il avait toute sa raison. Il prenait ses précautions contre une autre famine possible, voilà tout. Les savants assurèrent qu'il en guérirait, et cela lui passa, en effet, avant que l'ancre du *Bedford* ne soit jetée avec fracas dans la baie de San Francisco.

Negore le lâche

Depuis onze jours, il suivait la piste de sa tribu qui s'enfuyait et sa poursuite ressemblait à une retraite, car il savait bien que derrière lui il y avait les Russes redoutables qui, marchant par les plaines marécageuses et les montagnes abruptes, ne cherchaient autre chose qu'à exterminer tous les siens. il voyageait légèrement chargé : une fourrure de peau de lapin pour la nuit, un rifle qui se chargeait par le canon et quelques livres de saumon séché au soleil formaient tout son bagage. Il aurait été étonné qu'une tribu entière, hommes, femmes, enfants et vieux, pût marcher si rapidement, s'il n'avait pas connu la terreur qui les chassait.

C'était à l'époque où les Russes occupaient l'Alaska, alors que le XIXe siècle n'avait parcouru que la moitié de son cours, que Negore partit sur les traces de sa tribu en fuite, qu'il rejoignit un soir d'été, près des sources du Peelat. Quoiqu'on fût aux environs de minuit, il faisait plein jour lorsqu'il traversa le misérable camp. Beaucoup le virent, tous le connaissaient ; mais les saluts qu'il reçut furent froids et peu nombreux.

– Negore le lâche, entendit-il dire en riant à Illiha, une jeune femme ; et Sun-ne, la fille de sa sœur, rit avec elle.

Une colère noire lui rongeait le cœur ; mais il n'en fit rien paraître alors qu'il passait parmi les feux de camp, jusqu'au bivouac où un vieil homme était assis. Une jeune femme massait de ses doigts habiles les muscles fatigués des jambes du vieillard. Celui-ci releva une figure d'aveugle et écouta de toutes ses oreilles craquer une branche morte sous le pied de Negore.

– Qui vient ? demanda-t-il d'une voix grêle et tremblante.

Le visage de Negore était sans expression ; pendant de longues minutes il resta debout, dans l'attente. Le vieillard avait laissé retomber sa tête sur sa poitrine. La jeune femme à genoux pressait et pinçait les muscles affaiblis, et sa tête penchée était comme cachée dans le nuage de sa riche chevelure noire. Negore regarda le corps agile qui ployait aux hanches tel celui d'un lynx, souple comme une jeune branche de saule, tout en étant fort comme la jeunesse seule est forte. Il regarda et sentit un grand désir qui ressemblait à la faim et dit :

– N'y a-t-il pas d'accueil pour Negore qui, absent depuis longtemps, revient maintenant ?

Elle le regarda froidement : le vieillard se mit à rire tout bas comme font les vieux.

– Oona, tu es ma femme, dit Negore élevant une voix chargée de menace.

Elle se leva de toute sa hauteur avec la rapidité et l'aisance d'une chatte, les yeux brillants et les narines palpitantes comme celles d'une biche.

– Je devais être ta femme, Negore, mais tu es un lâche, la fille du vieux Kinoos ne s'allie pas avec un lâche.

Elle lui ferma la bouche d'un geste de commandement alors qu'il allait parler.

– Le vieux Kinoos et moi, nous sommes arrivés parmi vous, venant d'une terre étrangère. Ta tribu nous a réchauffés sans demander d'où nous venions ni pourquoi nous étions venus. Ils croyaient que le vieux Kinoos avait perdu ses yeux de vieillesse ; Kinoos et moi le leur avons laissé croire. Le vieux Kinoos est un homme brave, mais il n'a jamais été un vantard. Et maintenant, quand je t'aurai dit comment la cécité lui est venue, tu sauras, sans poser de questions, pourquoi la fille de Kinoos ne peut élever les enfants d'un lâche tel que toi.

Une fois encore, elle arrêta les paroles qu'il avait à la bouche.

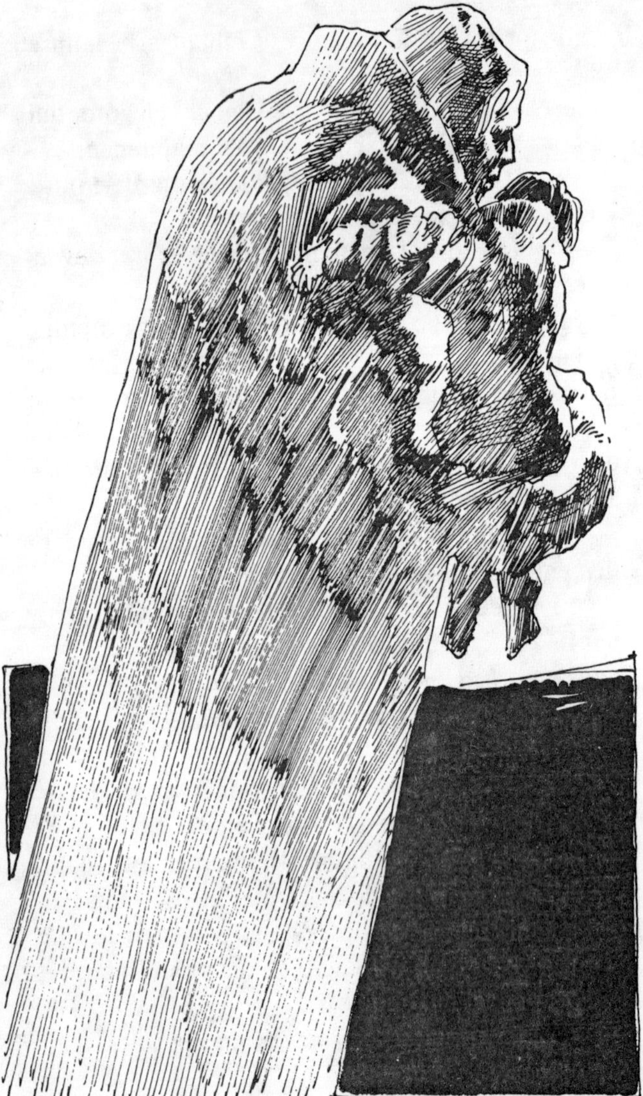

– Sache, Negore, que si tu mettais bout à bout tous les voyages dans ce pays, tu n'arriverais pas à Sitka l'inconnue, sur la grande mer salée. Là il y a beaucoup de Russes, et leur loi est dure. De Sitka, le vieux Kinoos, qui était alors jeune, s'est enfui avec moi, qui étais une enfant, en m'emportant dans ses bras, vers les îles au milieu de la mer. La mort de ma mère est à l'origine de son malheur ; un Russe tué d'un épieu qui lui a traversé le dos et la poitrine, c'est l'histoire de la vengeance de Kinoos.

« Mais partout où nous fuyions et aussi loin que nous allions, nous trouvions toujours le Russe détesté. Kinoos n'avait pas peur, mais la vue des Russes lui faisait mal aux yeux. C'est pourquoi nous allions toujours plus loin, au travers des mers et des années, jusqu'à notre arrivée à la mer du Grand-Brouillard, Negore, dont tu as entendu parler, mais que tu n'as jamais vue. Nous vivions parmi maints peuples, et j'ai grandi : Kinoos vieilli n'a pas pris d'autre femme et moi je n'ai pas pris de mari.

« Enfin nous sommes arrivés à Pastolik où le Yukon se noie dans la mer du Grand-Brouillard. Là nous avons vécu longtemps parmi les hommes qui haïssaient les Russes. Mais parfois ces Russes venaient dans de grands bateaux et demandaient aux gens de Pastolik de leur montrer les îles innombrables du Yukon aux bouches nombreuses. Et quelquefois les hommes qu'ils prenaient pour les guider ne revenaient pas, si bien que les gens sont entrés en fureur et préparèrent un plan.

« Ainsi, quand un bateau est arrivé, le vieux Kinoos s'est avancé et a dit qu'il montrerait le chemin. Il était déjà un vieil homme et ses cheveux étaient blancs ; mais il n'avait pas peur. Et il était rusé, car il a mené le bateau là où la mer a un courant qui va vers la terre et où les vagues blanches battent une montagne appelée Romanoff. La mer a entraîné le bateau au milieu des vagues blanches et lui a ouvert les flancs. Alors sont arrivés tous les gens de Pastolik (c'était là leur plan) avec leurs épieux de guerre, leurs flèches et des fusils. Mais d'abord les Russes ont crevé les yeux du vieux Kinoos afin qu'il ne les guide jamais plus. Puis ils se sont battus avec le peuple de Pastolik, là où les vagues étaient blanches.

« Le chef de ces Russes était un certain Ivan ; c'est lui qui avec ses deux pouces a enlevé les yeux de Kinoos. C'est lui qui a lutté pour passer au travers des vagues blanches avec les deux hommes qui lui restaient de toute sa troupe ; et il est parti vers le nord, le long de la côte de la mer du Grand-Brouillard. Kinoos était sage : il ne pouvait plus voir et était impuissant comme un enfant. Il s'est enfui loin de la mer en remontant le grand Yukon, jusqu'à Nulato, et je l'ai accompagné.

« Voilà ce qu'a fait mon père Kinoos, un vieillard. Mais qu'a fait le jeune homme Negore ? »

Une fois encore elle lui imposa silence.

– A Nulato, devant les portes du grand fort, il y a à peine quelques jours, j'ai vu de mes yeux Ivan, le Russe, celui qui a crevé les yeux de mon père, te cingler de son fouet et te battre comme un chien. Cela, je l'ai vu, et j'ai su que tu étais un lâche. Mais cette nuit-là, je ne t'ai pas vu quand tous les tiens, même les garçons qui ne sont pas encore en âge d'être chasseurs, sont tombés sur les Russes et les ont tous tués.

– Pas Ivan, dit Negore calmement. Il est même à nos trousses, et avec lui beaucoup de Russes qui viennent d'arriver par mer.

Oona ne fit pas d'effort pour cacher sa surprise et son chagrin en apprenant qu'Ivan n'était pas mort, et continua :

– Le jour, j'ai su que tu étais un lâche ; la nuit, alors que tous se battaient, même les jeunes garçons, je ne t'ai pas vu et j'ai compris que tu étais doublement lâche.

– As-tu fini ? complètement fini ? demanda Negore.

Elle secoua la tête et le regarda de côté, comme étonnée de ce qu'il eût quelque chose à dire.

– Sache donc que Negore n'est pas lâche, dit-il, et sa voix était très basse et calme. Sache que lorsque je n'étais encore qu'un garçon, j'ai voyagé seul jusqu'à l'endroit où le Yukon se noie dans la mer du Grand-Brouillard. Je suis allé jusqu'à Pas-

tolik, même plus loin, dans le nord, le long du rivage de la mer. Cela je l'ai fait, étant gamin, et je n'étais pas lâche. Je n'étais pas lâche non plus lorsque, jeune homme, j'ai voyagé tout seul, en remontant le Yukon plus loin que personne, si loin que j'ai rencontré un peuple différent à visage blanc, qui vit dans un grand fort et qui parle une langue différente de celle des Russes. J'ai aussi tué le grand ours dans le district de Tanana, là où personne de ma tribu n'a jamais été. Je me suis battu tout seul contre les Naklukyets, et les Kaltags et les Sticks dans les régions lointaines. Ces faits qu'aucun homme ne connaît, je les raconte pour moi. Laisse ma tribu parler de moi, et de ce qu'elle m'a vu faire. Elle ne dira pas que Negore est un lâche.

Il termina plein de fierté et attendit.

– Ces choses-là sont arrivées avant ma venue dans le pays, dit-elle, je les ignore. Mais je sais ce que je sais, et je t'ai vu fouetté comme un chien le jour, et la nuit je ne t'ai pas vu au moment où le grand fort brûlait et que les hommes tuaient et étaient tués. De plus, les tiens t'appellent Negore le lâche. C'est désormais ton nom : Negore le lâche.

– Ce n'est pas un beau nom, grogna le vieux Kinoos.

– Kinoos, tu ne comprends pas, dit doucement Negore, mais je vais t'expliquer. Sache que j'étais à la chasse à l'ours en compagnie de Kamo-tah, le fils de ma mère, et Kamo-tah s'est battu avec un grand ours. Nous n'avions plus de viande depuis trois jours, et Kamo-tah n'avait pas le bras fort ni le pied agile.

« Et le grand ours l'a broyé comme ça, à faire craquer ses os comme du bois mort. C'est ainsi que je l'ai trouvé, très malade et geignant à terre. Comme il n'y avait pas de viande, je ne pouvais rien tuer pour lui donner à manger.

« Alors j'ai dit : " Je vais aller à Nulato te chercher de la nourriture et des hommes forts pour te porter au camp." Et Kamo-tah a dit : " Va à Nulato et apporte-moi de la nourriture, mais ne raconte à personne ce qui m'est arrivé. Quand j'aurai mangé et que j'aurai repris des forces, je tuerai cet ours. Alors je retournerai à Nulato avec honneur, et personne ne pourra rire en disant que Kamo-tah a été vaincu par un ours."

« J'ai suivi les recommandations de mon frère et quand, à mon retour à Nulato, Ivan le Russe m'a cinglé de son fouet à chiens, j'ai su que je ne devais pas me battre. Car personne ne savait que Kamo-tah était malade, geignant et affamé. Si je m'étais battu avec Ivan et si j'avais été tué, mon frère lui aussi serait mort. C'est pourquoi, Oana, tu m'as vu battu comme un chien. Puis j'ai entendu les *Shamans* et les chefs dire que les Russes avaient apporté une maladie étrange dans la tribu, qu'ils avaient tué nos hommes et violé nos femmes, et que le pays devait être purifié. Comme je le dis, j'ai entendu ce qu'on racontait ; j'ai compris qu'ils y étaient bien décidés, et que cette nuit-là, les Russes seraient tués. Mais il y avait mon frère Kamo-tah malade et geignant et sans viande. Je ne pouvais donc pas rester et combattre avec les hommes et les garçons.

« J'ai pris avec moi de la viande et du poisson, et les marques du fouet d'Ivan, et j'ai retrouvé Kamo-tah ; il ne geignait plus : il était mort. Alors, je suis retourné à Nulato, et il n'y avait plus de Nulato ; rien que des cendres là ou était le grand fort, et les cadavres de beaucoup d'hommes. Et j'ai vu les Russes remonter le Yukon en bateau, venant de la mer, en grand nombre, et j'ai vu Ivan sortir de sa cachette et parler avec eux. Le jour suivant, j'ai vu Ivan qui les menait sur les traces de la tribu. A cette heure, ils sont sur notre route, et me voilà, moi Negore, et je ne suis pas un lâche.

– C'est une histoire que j'entends, dit Oona, d'une voix cependant plus douce qu'auparavant. Kamo-tah est mort et ne peut pas parler pour toi, et je ne sais que ce que je sais. Il faut que de mes propres yeux je reconnaisse que tu n'es pas un lâche.

Negore fit un geste d'impatience.

– Il y a différents moyens, ajouta-t-elle. Es-tu prêt à faire autant que le vieux Kinoos a fait ?

Il hocha la tête et attendit.

– D'après ce que tu dis, ces Russes sont encore à notre poursuite. Montre-leur le chemin, Negore,

comme le vieux Kinoos l'a fait autrefois, de manière qu'ils viennent sans être préparés à l'endroit où nous les attendrons, à un passage au milieu des rochers. Tu sais, l'endroit où la paroi est haute et brisée. Alors nous les détruirons tous, même Ivan. Ils grimperont la muraille comme des mouches et quand ils seront à mi-chemin, nos hommes tomberont sur eux d'en haut et de chaque côté avec des épieux, des flèches et des fusils. Les femmes et les enfants, du sommet, détacheront de gros rochers qu'ils pousseront sur eux. Ce sera un grand jour, car tous les Russes seront tués, le pays sera nettoyé et Ivan même sera tué, lui qui a crevé les yeux de mon père, lui qui t'a cinglé de son fouet à chiens. Et il mourra comme un chien enragé, le souffle écrasé sous les rochers. Et quand le combat commencera, ce sera à toi, Negore, de ramper sans te laisser voir pour n'être pas tué.

-- Eh bien, répondit-il, Negore leur montrera le chemin. Et après ?

– Alors, je serai ta femme, la femme de Negore, la femme de l'homme brave. Et tu chasseras de la viande pour moi et le vieux Kinoos et je cuirai ta nourriture et je te coudrai des peaux chaudes et solides et te ferai des mocassins à la façon de mon peuple qui est meilleure que celle de ton peuple. Et comme je l'ai dit, Negore, je serai ta femme, toujours ta femme, et je rendrai ta vie joyeuse. Chacun de tes jours sera une chanson et un rire et tu verras qu'Oona est différente des autres femmes, car elle a voyagé au loin, vécu dans des pays étranges ; elle connaît les hommes et les façons de leur plaire. Et dans ta vieillesse, elle te rendra encore heureux, et le souvenir que tu garderas d'elle, alors que tu avais ta force, te sera doux, car tu sauras qu'elle a toujours été pour toi la paix et le repos et qu'elle a été une femme entre les autres femmes.

– C'est bien, dit Negore. (Et la faim qu'il avait d'elle lui rongeait le cœur, et ses bras se tendaient vers elle comme ceux d'un affamé se tendent vers la nourriture.)

– Quand tu auras montré le chemin, Negore, dit-elle durement. (Mais ses yeux étaient doux et pleins de passion, et il savait qu'elle le regardait comme jamais femme ne l'avait regardé auparavant.)

– C'est bien, dit-il d'un ton résolu en tournant sur ses talons. Je vais maintenant parler aux chefs pour qu'ils sachent que je pars montrer le chemin aux Russes.

– Negore ! mon homme, mon homme ! se dit-elle alors qu'elle le regardait s'éloigner ; mais elle le dit si bas que même le vieux Kinoos ne l'entendit pas.

Pourtant, le vieillard, étant donné sa cécité, avait l'oreille très fine.

Trois jours plus tard, ayant, malgré sa ruse, mal caché sa retraite, Negore fut déniché comme un rat et traîné devant Ivan – Ivan le Terrible comme le nommaient les hommes de sa suite. Negore était armé d'un pauvre épieu à pointe d'os et tenait sa fourrure de lapin serrée sur son corps ; et bien que la journée fût chaude, il tremblait comme s'il avait la fièvre. Il secoua la tête pour montrer qu'il ne comprenait pas ce que lui disait Ivan, et indiqua qu'il était très fatigué et malade et qu'il ne désirait que s'asseoir et se reposer. Et il mettait la main sur son ventre pour montrer qu'il était malade, et qu'il grelottait de tous ses membres.

Mais Ivan avait avec lui un homme de Pastolik qui parlait la langue de Negore. Les questions qu'on lui posa sur sa tribu furent vaines et nombreuses. Enfin l'homme de Pastolik qui s'appelait Karduk dit :

– C'est l'ordre d'Ivan que tu sois fouetté jusqu'à ce que tu meures, si tu ne parles pas. Et sache, frère étranger, que lorsque je te dis que l'ordre d'Ivan est loi, je suis ton ami et non celui d'Ivan. C'est contre mon gré que je suis venu de mon pays près de la mer, et je désire garder la vie sauve, c'est pourquoi j'obéis à la volonté de mon maître, comme tu lui obéiras, frère étranger, si tu es sage et si tu désires vivre.

– Non, frère étranger, dit Negore, je ne sais pas de quel côté est allée ma tribu ; j'étais malade et ils se sont enfuis si vite que mes jambes se sont dérobées sous moi et je suis resté en arrière.

Negore attendit pendant que Karduk causait avec Ivan ; puis Negore s'aperçut que le visage du Russe s'assombrissait, et il vit les hommes venir de

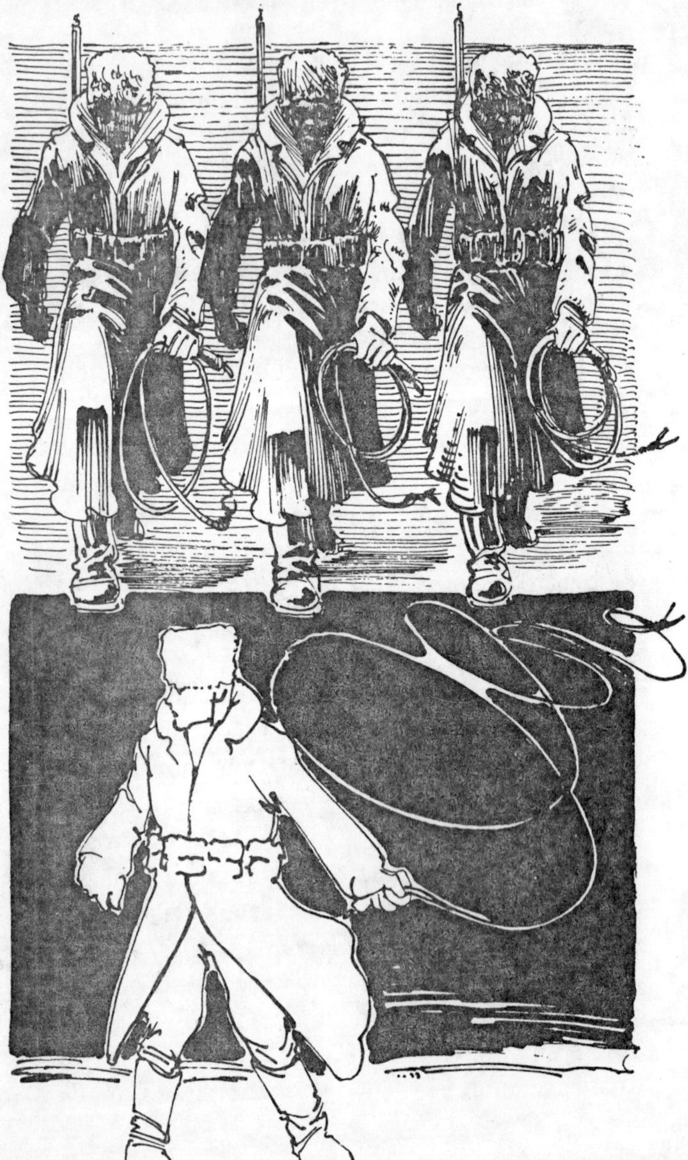

son côté en faisant claquer les lanières de leurs fouets. Alors saisi d'une peur panique, il cria tout haut qu'il était malade, qu'il ne savait rien, mais qu'il disait ce qu'il savait. Et après qu'il eut parlé, Ivan donna l'ordre à ses hommes d'avancer ; de chaque côté de Negore les hommes armés de fouets marchaient pour l'empêcher de se sauver. Il tenta de faire comprendre qu'il était faible à cause de sa maladie, et quand il chancelait et marchait moins vite qu'eux, ils abattaient les lanières de leurs fouets sur lui jusqu'à ce qu'il criât de douleur et retrouvât une force nouvelle. Et quand Karduk lui dit que tout irait bien une fois qu'on aurait rejoint sa tribu, il demanda : « Alors, est-ce que je pourrai me reposer et ne plus bouger ? »

Et sans cesse il demandait : « Alors, est-ce que je pourrai me reposer et ne plus bouger ? »

Epuisé, les yeux ternes, il regarda autour de lui ; il remarqua le nombre de soldats qu'avait Ivan et constata avec satisfaction que celui-ci ne reconnaissait pas en lui l'homme qu'il avait flagellé devant les portes du fort. Il y avait des chasseurs de Slavonie, à la peau blanche et aux muscles puissants ; des Finlandais petits et trapus qui avaient le nez plat et la figure ronde ; des demi-sang sibériens au nez en bec d'aigle ; des hommes maigres, les yeux bridés, qui avaient dans les veines du sang mongol et tartare aussi bien que du sang slave. Ils étaient tous des aventuriers sauvages et destructeurs, venus des pays lointains, de l'autre côté de la mer de Behring, qui dévastaient par le fer et par le feu le monde inconnu et nouveau dont ils pillaient la richesse en peaux et en fourrures. Negore les regarda d'un œil content et dans son imagination les vit écrasés, exterminés dans le passage des rochers. Et il voyait sans cesse dans cette même gorge le visage et la silhouette d'Oona, et sans cesse il entendait sa voix et ressentait le chaud regard de ses yeux. Mais pas un instant il n'oubliait de grelotter ni de chanceler à tous les accidents de la route, ni de crier sous la morsure du fouet. De plus, il avait peur de Karduk car il savait que ce n'était pas un homme digne de confiance : il avait l'œil faux et la langue agile, une langue trop bien pendue, pensait-il, pour la maladresse des paroles honnêtes.

Ils marchèrent tout le jour. Le lendemain, lorsque Karduk l'interrogea sur l'ordre d'Ivan, il dit qu'il doutait qu'on rejoignît sa tribu avant le jour suivant ; mais Ivan ne croyait plus en rien, car le vieux Kinoos l'avait une fois guidé vers le chemin qui conduisait à l'eau blanche d'écume et à la bataille sanglante. Aussi lorsqu'ils arrivèrent au défilé parmi les rochers, il arrêta ses quarante hommes et demanda par l'entremise de Karduk si le chemin était libre.

Negore accorda un rapide coup d'œil au défilé. C'était un immense éboulis détaché de la muraille de rocher et qui, recouvert de buissons et de plantes grimpantes, aurait pu cacher plusieurs tribus.

Il secoua la tête.

– Non, il n'y a rien ici, fit-il, le chemin est ouvert.

Ivan parla de nouveau à Karduk et Karduk dit :

– Sache, frère étranger, que si tes paroles ne sont pas vraies et que si ta tribu bloque le passage et attaque Ivan et ses hommes, tu mourras sur-le-champ.

– Ma parole est droite, assura Negore, le chemin est libre.

Comme Ivan doutait encore, il ordonna à deux de ses chasseurs slavons d'avancer seuls ; deux autres hommes, sur son ordre, se placèrent de chaque côté de Negore. Ils braquèrent leurs fusils contre sa poitrine et attendirent. Tous attendirent ; et Negore savait que si une flèche volait ou si une lance était jetée, la mort serait pour lui. Les deux Slavons montèrent en avant, et à mesure de leur ascension leurs silhouettes s'amenuisaient ; quand, arrivés en haut, ils agitèrent leurs chapeaux pour faire signe que tout allait bien, on aurait dit deux points noirs sur l'horizon. Les fusils furent écartés de la poitrine de Negore, et Ivan commanda à ses hommes de se mettre en route. Ivan était silencieux, perdu dans ses pensées. Pendant une heure il marcha comme intrigué, puis demanda à Negore par l'intermédiaire de Karduk :

– Comment savais-tu que la route était libre apres l'avoir examinée si peu de temps ?

Negore songea aux petits oiseaux qu'il avait vus perchés parmi les rochers et sur les buissons, et il sourit, c'était si simple ; mais il haussa les épaules et ne répondit pas, car il songeait aussi à un autre passage parmi les rochers qu'on allait bientôt emprunter et d'où les petits oiseaux seraient tous partis. Il était content que Karduk fût venu de la mer du Grand-Brouillard où il n'y a ni arbres ni buissons et où les hommes apprennent les choses de la mer, non celles de la terre et de la forêt.

Trois heures plus tard, alors que le soleil était au-dessus de leur tête, ils arrivèrent à un autre passage dans les rochers, Karduk dit :

– Regarde de tous tes yeux, frère étranger, et vois si le chemin est libre. Ivan ne va pas attendre cette fois que deux hommes aillent en avant.

Negore fit le guet, pendant que les deux hommes à ses côtés avaient le canon de leur fusil braqué contre sa poitrine. Il constata que les petits oiseaux étaient partis, et vit une fois la réflexion du soleil sur un canon de fusil. Et il pensa à Oona et à ses paroles : « Lorsque le combat commencera, il faudra que tu disparaisses discrètement, pour ne pas être tué. »

Il sentit les deux fusils appuyés contre sa poitrine ; cela n'était pas dans le plan qu'elle avait conçu ; il ne pourrait pas s'échapper, il serait le premier à mourir dès que le combat commencerait.

– Le chemin est libre, dit-il d'une voix ferme, feignant toujours d'avoir les yeux troublés et de grelotter de maladie.

Et ils partirent, Ivan et ses quarante hommes des contrées d'au-delà de la mer de Behring ; et Karduk, l'homme de Pastolik, et Negore qui avait toujours les deux fusils braqués contre lui. Ce fut une longue ascension ; ils ne pouvaient aller vite, mais il semblait à Negore qu'ils atteignaient très rapidement la moitié du chemin.

Un coup de fusil partit des rochers à droite et Negore entendit le cri de guerre de sa tribu. Pendant un moment, il vit les rochers et les buissons animés par les siens. Puis il se sentit déchiré par une flamme brûlante qui transperça tout son être, et alors qu'il tombait il connut l'agonie de la vie qui s'arrache de la chair pour se libérer.

Mais il retint sa vie avec la griffe d'un avare et refusa de la lâcher. Il respirait encore l'air qui mordait ses poumons avec une douceur douloureuse. Aveugle et sourd par instants, il percevait quelques brefs éclats de lumière, et entendait des sons confus. Il vit les chasseurs d'Ivan tomber, et ses propres frères, en plein carnage, qui remplissaient l'air du tumulte de leurs voix, et de leurs armes, et au sommet du passage les femmes et les enfants détachant de gros rochers qui bondissaient comme des choses animées et tombaient avec fracas.

Le soleil dansait au-dessus de lui dans le ciel, les grandes murailles chancelèrent et s'abattirent, alors que sa vue et son ouïe continuaient à faiblir. Et quand le grand Ivan tomba en travers de ses jambes, jeté là sans vie, écrasé par un roc, il se rappela les yeux aveugles du vieux Kinoos et fut heureux.

Puis les sons moururent, les fragments de roches ne tombèrent plus et il vit les gens de sa tribu s'avancer petit à petit, achevant les blessés sur leur passage. Près de lui, il entendit la lutte livrée par un puissant Slave qui ne voulait pas mourir et que les épieux avaient renversé.

Puis il aperçut au-dessus de lui le visage d'Oona et sentit ses bras autour de lui et, pendant un ins-

tant, le soleil s'arrêta et les grandes murailles restèrent droites et immobiles. « Tu es un homme brave, Negore. » Il l'entendit lui dire à l'oreille :

– Tu es mon homme, Negore.

Et durant cet instant, il vécut toute une existence de joie, de rire et de chansons dont elle lui avait parlé, et comme le soleil quittait le ciel, il sut que le souvenir qu'il gardait d'elle était doux, comme s'il avait été un vieillard.

Et même alors que le souvenir se fondait et mourait dans l'obscurité qui le couvrait, il connut entre ses bras l'accomplissement de toute la douceur et du repos qu'elle lui avait promis. Tandis que la nuit noire l'enveloppait, la tête sur le sein de la femme, il sentit une grande paix l'envahir, le crépuscule s'effacer, et il entra dans le mystère du silence.

FOLIO JUNIOR ÉDITION SPÉCIALE

Jack London

L'amour de la vie

suivi de

Negore le lâche

Traduit de l'anglais par P. Wenz

Supplément réalisé par
Dominique Boutel
et Anne Panzani

Illustrations de Marc Lagarde

SOMMAIRE

ÊTES-VOUS COMBATIF ?

Les personnages que vous avez rencontrés ont, chacun à leur façon, montré leur combativité. L'homme, dans sa lutte pour la vie, ne cédera pas au désespoir et Negore ira jusqu'au bout de lui-même pour gagner l'amour et le respect d'Oona.
Et vous, êtes-vous combatif ? Comment faites-vous face aux difficultés de votre vie quotidienne ? Pour le savoir, répondez aux questions suivantes puis faites le compte des Δ, ○ et ❒ obtenus. Rendez-vous ensuite à la page des solutions.

1. *Vous vous sentez :*
A. Solide comme un roc Δ
B. Résistant comme l'acier ○
C. Vif comme l'éclair ❒

2. *Quel animal choisiriez-vous comme emblème ?*
A. Le taureau ❒
B. Le cheval ○
C. Le lion Δ

3. *Vous êtes révolté par :*
A. La lâcheté ❒
B. La déloyauté Δ
C. La mollesse ○

4. *Voilà une partie de tennis bien mal engagée :*
A. Vous décidez de vous battre sur chaque point Δ
B. Vous continuez, mais sans conviction ❒
C. Vous abandonnez en prétextant une foulure ○

5. *La meilleure façon de gagner, c'est d'être sûr de :*
A. Son savoir-faire ❒
B. Son sang-froid Δ
C. Sa supériorité ○

6. *Lors d'une randonnée en montagne, vous arrivez à un passage difficile :*
A. Vous attaquez la paroi sans attendre Δ
B. Vous étudiez le terrain et demandez des conseils à vos coéquipiers ❒
C. Vous essayez de trouver un passage moins périlleux ❍

7. *Le meilleur moyen de garder confiance en soi, c'est :*
A. De surmonter les déceptions ❍
B. De rester ferme dans ses convictions ❒
C. De faire front dans les situations difficiles Δ

8. *Votre meilleur ami vous préfère la compagnie d'un autre :*
A. Vous tentez de comprendre quelle faute vous avez pu commettre ❍
B. Vous l'invitez au cinéma ❒
C. Vous lui demandez des explications Δ

9. *Vous achetez un gadget qui ne fonctionne pas :*
A. Vous relisez la notice ❍
B. Vous le rapportez chez le vendeur et vous exigez un échange Δ
C. Vous le démontez pour essayer de découvrir l'origine de la panne ❒

10. *Vos résultats scolaires sont en baisse et il ne reste qu'un mois avant le conseil de classe :*
A. Vous vous montrez d'une humeur massacrante ❒
B. Vous essayez de vous habituer à l'idée d'un redoublement ❍
C. Il n'est jamais trop tard pour bien faire : vous allez leur montrer de quoi vous êtes capable ! Δ

Solutions page 124

1
AU FIL DU TEXTE

L'AMOUR DE LA VIE

Quinze questions pour survivre

Répondez à ces questions… sans consulter le livre, bien sûr. Puis rendez-vous à la page des solutions. Vous procéderez de même pour l'autre série de questions qui vous sera posée. Vous saurez, alors, si vous avez été un bon lecteur !

1. *Le récit se déroule :*
A. Dans les derniers jours de juillet
B. En hiver
C. Au printemps

2. *Les deux hommes :*
A. Chassent
B. Fuient l'hiver arctique
C. Sont poursuivis

3. *Ils cherchent à rejoindre :*
A.Une mine d'or
B. Une cache sur la baie d'Hudson
C. Leurs compagnons

4. *Qu'est-ce qui caractérise Bill, au début du texte?*
A. Il est moins chargé que son compagnon
B. Il marche derrière
C. Il boite

5. *Le bagage de l'homme ne contient pas l'un de ces objets. Lequel?*
A. Une couverture
B. Un briquet
C. Un seau en fer-blanc

6. *Quand il aperçoit le renard noir, l'homme pousse un cri terrible :*
A. Parce qu'il a peur
B. Parce qu'il a mal
C. Dans l'espoir de lui faire lâcher sa proie

7. *L'homme ne doit pas boire l'eau des mares et des rivières, car :*
A. Elle contient trop de chaux
B. Elle est trop froide
C. Elle est polluée

8. *Le sac en peau d'élan contient :*
A. Des vivres
B. De l'or
C. Des fourrures

9. *Les loups et l'ours n'attaquent pas l'homme, car :*
A. Il est armé
B. C'est une créature qui marche debout
C. Ils n'ont pas faim

10. *Pendant son délire, l'homme :*
A. Voit réellement un cheval
B. Voit réellement un ours
C. A des hallucinations

11. *Quelle est la dernière nourriture qu'a prise l'homme avant d'être sauvé ?*
A. Un poisson
B. Des os de caribou
C. Le sang du loup malade

12. *L'homme finit par se débarrasser du sac en peau d'élan car :*
A. Sa vie est plus précieuse que l'or qui pèse lourd
B. Il veut le cacher
C. Il veut s'emparer de la part de Bill

13. *Lorsqu'il est recueilli par les marins du « Bedford », l'homme possède toujours :*
A. Une partie de ses allumettes
B. Son chapeau
C. Son fusil déchargé

14. *Sur le bateau, l'homme reprend du poids de façon anormale, car :*
A. Il a contracté une grave maladie
B. Ses rations sont trop importantes
C. Il dissimule de la nourriture sous ses vêtements

15. *Jusqu'au bout, l'homme a :*
A. Compté ses allumettes
B. Remonté sa montre
C. Bandé ses pieds

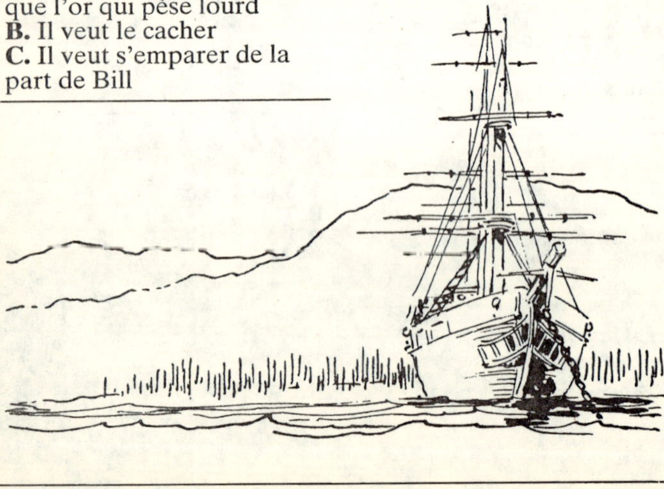

Solutions page 124

Deux hommes dans le Grand Nord

1. Le début du texte met en scène deux hommes. L'un d'eux s'appelle Bill; le deuxième n'est jamais nommé. Il restera « l'homme » tout le long du récit. Curieusement, celui qui n'a pas de nom deviendra le personnage principal. Bill, quant à lui, disparaîtra rapidement

Pouvez-vous trouver une ou plusieurs explications à cet anonymat ?

2. Rendez ensuite à chacun la phrase qui le concerne.

1. « L'homme qui marchait le premier chancela. »
2. « Sa voix était atone et lugubre. »
3. « L'autre, qui traversait en boitant le courant écumeux, ne répondit pas. »
4. « Son compagnon le suivit sur les talons. »
5. « Celui qui était derrière glissa sur une pierre lisse. »
6. « L'autre pas une fois n'avait tourné la tête. »
7. « Son compagnon monta en boitant la berge opposée. »
8. « L'homme qui était encore au milieu du courant le regarda. »
9. « L'autre le regarda s'éloigner. »
10. « Il boitait grotesquement et titubait. »

Solutions page 125

Journal intime

1. Si Bill avait rédigé son journal, qu'aurait-il écrit le jour où il a abandonné son compagnon ?
Imaginez la situation psychologique du personnage, les raisons qui ont pu motiver son acte, son état d'esprit lorsqu'il se retrouve seul. Se sent-il coupable ? Regrette-t-il sa décision ?

2. Choisissez un partenaire : l'un s'identifiera à Bill et l'autre à l'homme abandonné, chacun racontant la scène de son point de vue.
Si vous faites cet exercice en classe, vous pouvez vous diviser en deux groupes.

Question de voix

1. « Sa voix était atone et lugubre. » (p. 12)
Que signifie « atone » ?

a) D'un ton grave
b) Sans ton
c) Sans vivacité ni vigueur

Que peut-on qualifier d'atone ?

2. Voici différents adjectifs décrivant une voix :

Gutturale - caverneuse - rauque - grave - claironnante - claire - chaude - froide - blanche - éteinte - sourde

Pourquoi ne pas imaginer des situations propres à provoquer ces tons de voix ?
Vous pouvez aussi choisir une phrase et vous exercer à la prononcer en variant le ton.

Solutions page 125

Seul !

1. Après le départ de Bill, l'homme reste seul dans une contrée inhospitalière. Est-il perdu ? Relevez une phrase du texte qui résume sa situation.

2. Certaines de ces affirmations sont fausses. Lesquelles ?

1. L'homme peut se diriger grâce à sa montre.
2. L'homme a des connaissances précises sur la géographie de la région.
3. L'homme a déjà parcouru la région.
4. L'homme possède une carte.
5. L'homme a perdu tout espoir.

Solutions page 125

Solitaires et solitudes

1. Parmi les mots suivants, pouvez-vous retrouver ceux qui désignent un personnage solitaire ?

Anachorète - chorégraphe - misanthrope - moine - ermite - ascète - prophète - cénobite - druide - soliloque - pasteur.

Qu'est-ce qui distingue la solitude de ces personnages de celle de « l'homme » ?

2. Toutes ces citations parlent de solitude. Lesquelles en font l'apologie ? Commentez chacune d'elles en vous référant à vos lectures ou à votre expérience personnelle.

1. *L'homme le plus libre, c'est l'homme le plus seul.* (Nietzsche)
2. *La solitude seule est la source des inspirations.* (A. de Vigny)
3. *Un homme seul est toujours en mauvaise compagnie.* (P. Valéry)
4. *Il restera toujours assez de solitude pour ceux qui en sont dignes.* (Barbey d'Aurevilly)
5. *La pire souffrance est dans la solitude qui l'accompagne.* (A. Malraux)

3. Le mot « solitaire » peut aussi désigner trois choses différentes, ou un animal. Voici quelques indices :

– Le premier n'est plus très jeune
– Le deuxième est précieux
– Le troisième demande de la patience
– Le quatrième va sur l'eau

Solutions page 125

La faim

« Cela faisait deux jours qu'il n'avait pas mangé. » (p. 20)
Tout au long du récit, la faim est la compagne permanente de l'homme et sa préoccupation majeure. Mais ses effets ne suivent pas une progression constante ; ses manifestations, décrites de manière réaliste par Jack London, varient en nature et en intensité.

Voici, dans le désordre, quelques extraits du texte décrivant ces manifestations : saurez-vous les remettre dans l'ordre du texte ? Vous verrez ainsi apparaître, grâce aux lettres correspondant à chaque phrase, un nom qui évoquera pour vous un supplice proche de celui que subit le héros. Quel est donc ce supplice raffiné ?

L. « Il ne souffrait pas : ses nerfs s'étaient émoussés, paralysés alors que son cerveau était rempli de visions étranges et de rêves délicieux. »
N. « Si les tiraillements de la faim n'étaient plus aussi aigus, il constata qu'il était toujours faible. Il lui fallait s'arrêter pour prendre haleine… Son cœur lui donna de grandes inquiétudes. »
T. « Les tiraillements de la faim étaient aigus et le mordaient sans relâche, si bien qu'il ne pouvait fixer son regard sur la route à suivre pour gagner le "pays des petits bâtons"… »
E. « La pensée de manger ne lui était même pas plaisante et tout ce qu'il faisait lui était dicté par la raison seule… »
T. « La douleur sourde de ses entrailles s'était émoussée et affaiblie : il lui semblait que son estomac s'était endormi… »
A. « Il était subjugué par le mot Manger. Il était fou tellement il avait faim… »
A. « Au cours de cette journée de brouillard, la faim se réveilla de nouveau en lui. Il était très faible et souffrait de vertiges qui parfois le rendaient fou… »

Solutions page 125

Opération de survie

1. A la page 21, l'homme défait son bagage. Quel est son premier soin ? Pourquoi ?
A quels détails l'auteur nous fait-il comprendre que ce bien est nécessaire à sa survie ? Comment expliquez-vous sa terreur et son besoin de répéter les mêmes gestes ?

2. Beaucoup de régions du monde sont hostiles à l'homme alors que certaines races d'animaux y survivent. Dans ce texte, quelle qualité permet à l'homme de survivre et le différencie de l'animal ? Relevez les passages qui en témoignent.

3. Choisissez votre destination : faites le point sur les difficultés qui vous attendent au cours de votre voyage puis composez votre « sac de survie » en choisissant parmi les objets de la liste ci-dessous ceux qui vous paraissent les plus nécessaires. Attention, vous ne pouvez emporter que quatre articles ! A mesure que vous rangez cet équipement dans votre sac, justifiez votre choix.

Gourde - couverture - sac de couchage - pelle - briquet - allumettes - moustiquaire - fusil - couteau - seau - piolet - corde - trousse de médicaments - graisse - hache - bottes - lampe - rasoir - hameçons - ligne - bouée de sauvetage - gamelle - clous

Solutions page 125

Voir ou ne pas voir

1. Aux pages 40-41, l'homme commence à avoir des hallucinations. Lesquelles ? Que signifie ce mot ?

2. Retrouvez dans le texte six mots ayant un sens similaire, en vous aidant des définitions suivantes :

– Perte de raison, délire.
– Idée extravagante, fantaisie
– Représentation imaginaire ou perception imaginaire d'objets irréels.
– Spectacle fantastique
– Phénomène d'optique : apparence trompeuse qui séduit quelques instants
– État de distraction pendant lequel l'esprit s'abandonne à des images vagues

En quoi ces mots expriment-ils la même idée ? En quoi diffèrent-ils ? Vous pouvez les classer en erreurs de perception/erreurs de jugement. Essayez de trouver d'autres mots susceptibles d'entrer dans cette liste.

3. Les causes qui provoquent ces hallucinations chez l'homme sont physiques (faim, faiblesse...). Mais d'autres causes peuvent provoquer des hallucinations : psychologiques (remords, peur, douleur) ou artificielles (alcool, stupéfiants) dont on trouve trace dans les œuvres de certains poètes, préoccupés par cette « frontière » entre le réel et le surréel.

– Pouvez-vous citer au moins deux poètes s'étant livrés, dans un but littéraire, à des expériences sur les stupéfiants ?

– Voici trois extraits de textes. A vous d'en imaginer le contexte et les causes réelles ou imaginaires qui ont provoqué ces hallucinations.

« Le fleuve était parfaitement tranquille, mais je me sentis ému par le silence extraordinaire qui m'entourait. (...) Je me mis à chantonner; le son de ma voix m'était pénible; alors, je m'étendis au fond du bateau et je regardai le ciel. Pendant quelque temps, je demeurai tranquille, mais bientôt les légers mouvements de la barque m'inquiétèrent. Il me sembla qu'elle faisait des embardées gigantesques, touchant tour à tour les deux berges du fleuve; puis je crus qu'un être ou qu'une force invisible l'attirait doucement au fond de l'eau, et la soulevait ensuite pour la laisser retomber. J'étais ballotté comme au milieu d'une tempête; j'entendis des bruits autour de moi; je me dressai d'un bond; l'eau brillait, tout était calme. »

Guy de Maupassant,
Sur l'eau

« Le feu qui flambait jetait des reflets rougeâtres dans l'appartement, de sorte qu'on pouvait sans peine distinguer les personnages de la tapisserie et les figures des portraits enfumés pendus à la muraille.

Tout à coup, le feu prit un étrange degré d'activité; une lueur blafarde illumina la chambre, et je vis clairement que ce que j'avais pris pour de vaines peintures était la réalité; car les prunelles de ces êtres encadrés remuaient, scintillaient d'une façon singulière; leurs lèvres s'ouvraient et se fermaient comme des lèvres de gens qui parlent, mais je n'entendais rien que le tic-tac de la pendule et le sifflement de la bise d'automne. »

Théophile Gautier,
La Cafetière

« Le bois était ténébreux, sans aucun froissement de feuilles, sans aucune de ces vagues et fraîches lueurs de l'été. De grands branchages s'y dressaient affreusement. Des buissons chétifs et difformes sifflaient dans les clairières. Les hautes herbes fourmillaient sous la bise comme des anguilles. Les ronces se tordaient comme de longs bras armés de griffes cherchant à prendre des proies; quelques bruyères sèches, chassées par le vent, passaient rapidement et avaient l'air de s'enfuir avec épouvante (...).

Sans se rendre compte de ce qu'elle éprouvait, Cosette se sentait saisie par cette énormité noire de la nature. »

Victor Hugo,
Les Misérables

Solutions page 126

NEGORE LE LACHE

Quinze questions pour comprendre

1. *Cette histoire se passe :*
A. Au milieu du XIXe siècle
B. De nos jours
C. Au XVIIe siècle

---

2. *Negore poursuit :*
A. Les Russes
B. Sa tribu
C. Un gros gibier

---

3. *La poursuite de Negore ressemble à une fuite, car :*
A. Il tremble de peur
B. Il est seul
C. Les Russes sont derrière lui

---

4. *Le vieux Kinoos a perdu la vue à cause :*
A. De son grand âge
B. Des Russes
C. D'une maladie

---

5. *Kinoos et Oona viennent :*
A. D'une autre ville
B. D'un pays lointain
C. D'un village proche

---

6. *Kinoos veut venger :*
A. Sa fille
B. Sa femme, tuée par les Russes
C. Son peuple

---

7. *On appelle le héros « Negore le lâche », car :*
A. Il a fui devant les Russes
B. Il s'est toujours conduit lâchement
C. Il s'est laissé fouetter et ne s'est pas battu avec les siens

---

8. *Negore n'a pas résisté, car :*
A. Son frère attendait son retour
B. Il craignait Ivan
C. Il n'était pas armé

---

9. *S'il conduit les Russes dans un piège, Oona lui jure :*
A. De le suivre
B. D'être vraiment sa femme et de le rendre heureux
C. De quitter Kinoos

---

10. *Negore a mal caché sa retraite :*
A. Par négligence
B. Par lâcheté
C. Par ruse

---

11. *Negore tremble devant Ivan, car :*
A. Il est malade
B. Il a peur
C. Il dissimule ses véritables sentiments

12. *Negore hurle de douleur, car :*
A. Il rendra ainsi sa trahison plus plausible
B. Il pense écourter son supplice
C. Il est blessé

13. *Negore sait que le défilé est libre, car :*
A. Il connaît bien la région
B. Cela fait partie d'un plan préparé à l'avance
C. Il a observé le vol des oiseaux

14. *Ivan meurt :*
A. Tué par Negore
B. Transpercé par un pieu
C. Écrasé par un rocher

15. *Au moment de mourir, Negore connaît :*
A. Le vrai bonheur
B. Une angoisse terrible
C. Le désespoir

Solutions page 126

Un peu d'histoire

Jack London nous donne quelques indications sur le contexte historique dans lequel se déroule cette histoire, mais des connaissances plus précises ne seront pas inutiles pour vous aider à mieux comprendre !

Complétez le texte suivant avec les mots donnés dans le désordre. N'hésitez pas à consulter dictionnaires et encyclopédies !

« Le tsar de Russie,……, décida en 1724 d'envoyer une expédition maritime “pour faire route au nord et découvrir comment on rejoint l'Amérique”. C'est à un Danois, ……, qu'il confia cette tâche. Ce dernier, parti du Kamtchatka avec un navire construit sur place, prouva l'existence d'un …… qui porte son nom.

Quelques années plus tard, il aborda les îles …… où vivait une population esquimaude. Ces îles étaient riches en ……. La nouvelle se répandit rapidement en Russie et de nombreuses expéditions s'aventurèrent sur ces terres nouvelles.

Les Aléoutes furent brutalisés et opprimés par des cosaques sans scrupules qui décimèrent la population. A l'arrivée des Russes ils étaient environ 25 000; en 1834 ils sont à peine 500.

Les Russes continuèrent leur progression dans le pays malgré la résistance des populations locales. En effet, ... et les Esquimaux résistèrent toujours à cette invasion étrangère.

En 1799, la ville de ...... fut prise par les Russes. Pourtant la résistance des indiens Kollosh fut redoutable. Ils parvinrent d'ailleurs à reprendre la ville aux Russes en 1802.

L'installation des Russes dans ce qu'ils appelèrent la ...... continua. Mais jusqu'en 1860 il demeura presque impossible pour un Russe de s'aventurer seul hors des villes sans risquer sa vie. En 1867 la Russie céda le territoire aux ...... pour 7 200 000 dollars. Vingt ans plus tard on y découvrait de ......! »

1. Vitus Bering - 2. États-Unis - 3. Indiens - 4. Russie d'Amérique - 5. L'or - 6. Détroit - 7. Pierre le Grand - 8. Animaux à fourrures - 9. Sitka - 10. Aléoutiennes

Solutions page 127

Le récit d'Oona

1. Page 69, Oona fait le récit de sa vie et de celle de Kinoos avant leur arrivée dans la tribu de Negore. Elle mentionne « Le Russe détesté ». S'agit-il d'un homme en particulier? Pourquoi, à votre avis, les hommes de Pastolik emmenés par les Russes ne revenaient-ils pas?
Une phrase de ce récit résume à elle seule le nombre d'années et les kilomètres parcourus par les deux personnages. Retrouvez-la.

2. Quel est le nom géographique de « la mer du Grand Brouillard »? Situez-la sur la carte, p. 114. Situez également Sitka sur cette carte en vous aidant d'un atlas.

3. Imaginez maintenant que Kinoos raconte cet épisode et décrivez les événements de son point de vue en tentant de nous faire partager ses émotions.
Et pourquoi ne pas changer de rôle encore une fois? Si Ivan racontait cette histoire, son point de vue serait radicalement différent...

Solutions page 127

Miroirs infidèles

1. A deux reprises, Oona est décrite dans le texte. A quoi est-elle comparée ? A travers les yeux de qui est-elle vue ? A quoi remarque-t-on que les sentiments que le personnage lui porte influencent sa façon de la regarder ?

2. Ainsi, le choix d'une comparaison dépend de la subjectivité de celui qui décrit, autant que de son univers de références et de son échelle de valeurs (ce qui est beau pour les uns ne l'est pas forcément pour d'autres...)
A vous de trouver des comparaisons pour chacun des personnages, en essayant d'adopter à chaque fois le point de vue de celui qui regarde (Negore et Ivan ne décriront pas Kinoos de la même façon...)

3. Choisissez maintenant deux personnages et rédigez pour chacun un court texte de description, en utilisant les images que vous avez choisies.

Negore le lâche

1. Lorsque Oona qualifie Negore de lâche, que veut-elle dire exactement ?
Le petit Larousse donne deux sens voisins de l'adjectif « lâche » :
a) Se dit de quelqu'un qui manque de courage, qui recule devant le danger, le risque, les difficultés.
b) Se dit de quelqu'un, d'un comportement ou d'une action qui est méprisable, d'une grande bassesse.
A votre avis, à quel sens du mot « lâche » Oona fait-elle appel en parlant de Negore ?

2. Voici plusieurs synonymes de ce mot. Sauriez-vous les classer selon les deux définitions données ci-dessus ?

Pusillanime - bas - craintif - vil - couard - timoré - peureux - poltron

Quel est le contraire du mot « lâche » et dans quelles circonstances Oona emploie-t-elle ce mot ?

Solutions page 127

JEUX ET APPLICATIONS

Contrées lointaines

Ces deux nouvelles se déroulent dans le Grand Nord : *L'Amour de la vie* au Canada, *Negore le lâche* en Alaska.
Tout au long de votre lecture, vous avez rencontré des noms de lieux. Essayez de les situer sur cette carte en vous aidant d'un atlas et des indications du texte.

Les animaux du Grand Nord

La plupart des animaux qui vivent dans la toundra n'y séjournent que l'été, quand il est facile de trouver de la nourriture; mais très peu affrontent sur place les rigueurs de l'hiver.
Retrouvez le nom de sept d'entre eux en vous aidant des définitions. Vous verrez alors apparaître verticalement le nom d'un autre animal qui préfère se réfugier dans les forêts du sud lorsque l'hiver arrive.

1. Petit rongeur qui ressemble à une souris - 2. Arctique, c'est un prédateur très audacieux - 3. Blanche en hiver, sauf à l'extrémité de sa queue - 4. C'est l'herbivore le plus commun dans la toundra. Il vit sous la terre en été et sous la neige en hiver. - 5. Musqué, il peuplait autrefois tout le nord du Canada - 6. Présent dans tout l'Arctique - 7. Le grizzli en est un gros!

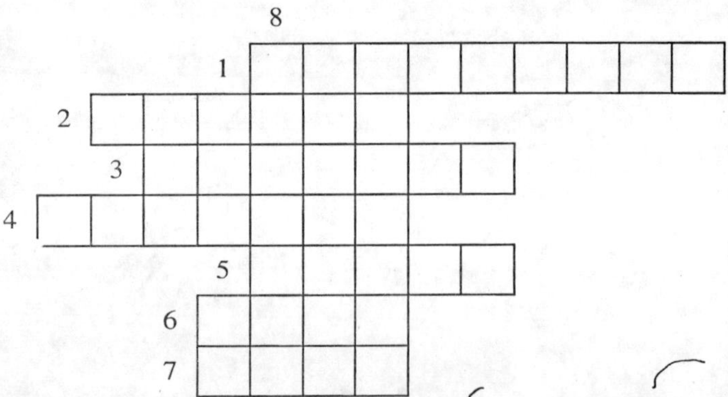

Solutions page 127

Traces

Parmi les empreintes suivantes, saurez-vous distinguer celles du caribou et celles de l'ours polaire ?

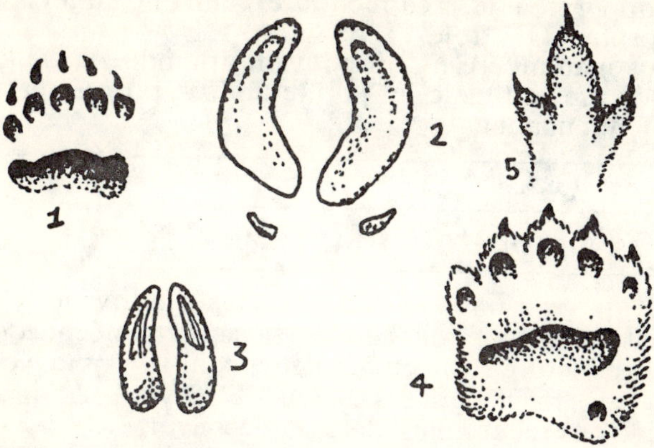

Solutions page 127

Chimo !

« Chimo » (à prononcer Tscheimo) signifie « Bonjour » en esquimau, bonjour ou plus exactement « Es-tu mon ami ? », à quoi l'autre répond « Chimo » : « Oui, je suis ton ami ».

Connaissiez-vous cette expression ? Pourtant, vous utilisez peut-être sans le savoir quelques mots du vocabulaire esquimau. A vous de les retrouver en vous aidant de leurs définitions. Vous verrez qu'ils sont devenus courants.

1. Mot introduit vers 1900 en France par le docteur Charcot. Il désignait à l'origine un vêtement complet, couvrant tout le corps et non seulement le haut du corps, comme aujourd'hui.
2. Canot en peau de phoque qui sert aux Esquimaux pour la pêche ; par extension, embarcation légère et sportive, dont l'étanchéité permet de naviguer sur des cours d'eau difficiles.

3. Mot esquimau désignant la maison; apparaît en français vers 1880.
4. Mot aujourd'hui employé au féminin. Vient de l'esquimau par l'américain (1960). Sorte de court manteau imperméable à capuchon et souvent matelassé, pour protéger du froid.
5. Gros mammifère marin pouvant atteindre 1 200 kg. Les défenses du mâle lui permettent de progresser au sol. Vient du lapon.

Solutions page 128

Explorateurs du Grand Nord

L'Arctique n'a pas été découvert en un voyage. Des Vikings aux explorateurs du XXe siècle, cette découverte fut une aventure riche en péripéties. Car le Grand Nord ne livre pas facilement ses secrets…
Saurez-vous relier noms, dates et découvertes ?

1. John Cabot (Gênois au service des Anglais) - 2. Henry Hudson (Anglais au service des Hollandais) - 3. Jacques Cartier (Français) - 4. Samuel Hearne (Américain) - 5. Alexander Mackenzie (Américain) - 6. Willem Barents (Néerlandais) - 7. William Baffin (Anglais) - 8. Vitus Bering (Danois)

a. XVIe siècle - b. 1787 - c. 1769 - d. 1497 - e. 1725 - f. 1616 - g. 1596 - h. 1610

A. Atteint, par le fleuve qui porte son nom, l'océan Arctique - B. Dresse des cartes du nord de la Russie. Traverse le détroit auquel il a donné son nom. Touche l'Alaska - C. S'avance probablement au nord du cercle polaire - D. Découvre les îles de l'Ours et le Spitzberg - E. Parvient à l'embouchure de la rivière du Cuivre - F. Remonte le Saint-Laurent - G. Découvre le fleuve et la baie qui portent son nom - H. Atteint la latitude 78° Nord. Découvre les détroits de Smith, Jones et Lancaster.

Solutions page 128

3
L'HOMME DEVANT L'ÉPREUVE DANS LA LITTÉRATURE

La Chanson de Roland

Roland a été placé à la tête de l'arrière-garde afin de protéger la retraite de l'armée des Francs. Son compagnon Olivier revient auprès de lui après avoir observé leurs ennemis et l'exhorte à sonner du cor. Mais Roland refuse…

« – Compagnon Roland, sonnez de votre olifant. Charles l'entendra, qui est au passage des Ports : je vous l'assure, les Français reviendront.

– Ne plaise à Dieu, lui répond Roland, qu'homme vivant puisse jamais dire que j'ai sonné du cor pour des païens! On ne fera jamais tel reproche à mes parents. Quand je serai en pleine bataille, je frapperai mille et sept cents coups, vous verrez l'acier de Durendal tout sanglant. Les Français sont braves, ils frapperont vaillamment. Les gens d'Espagne n'échapperont pas à la mort.

Olivier dit .

– Je ne vois pas qu'on pourrait vous en blâmer; j'ai vu les Sarrasins d'Espagne; les vallées et les monts en sont couverts, et les landes, et toutes les plaines. Grande est l'armée de la gent étrangère; nous n'avons, nous, qu'une bien petite troupe

Roland répond :

– Mon ardeur s'en augmente! Ne plaise au Seigneur Dieu, ni à ses anges, que jamais la France perde son honneur à cause de moi. Mieux vaut la mort que la honte! C'est pour nos beaux coups que l'Empereur nous tient plus haut dans son amour.

Roland est preux, et Olivier est sage. Tous deux sont d'une merveilleuse bravoure Et, puisqu'ils sont à cheval et en armes, jamais, dussent-ils mourir, ils ne se déroberont à la bataille. Les comtes sont braves, et leurs paroles sont fières. Les païens félons chevauchent pleins de fureur.

Olivier dit :

– Voyez un peu, Roland; ils sont tout près, et Charles est trop loin; vous n'avez pas daigné sonner de votre olifant; si le roi était là, nous aurions évité le désastre. Regardez en haut, vers les ports d'Espagne; vous pouvez voir bien triste arrière-garde. Qui s'y trouve ne fera plus partie d'une autre.

Roland répond :

– Ne parlez pas si follement; maudit qui porte un lâche cœur au ventre. Nous tiendrons ferme en la place, et c'est de nous que viendront les coups et les mêlées! »

La Chanson de Roland

Terre des hommes

Guillaumet, l'un des pionniers de l'aéropostale, disparaît un jour au cours d'une traversée des Andes. On le croit disparu jusqu'au jour où, une semaine après le drame, il revient. Voici le récit des peines qu'il a endurées…

« Et je t'apercevais, au cours de ton récit nocturne, marchant, sans piolet, sans cordes, sans vivres, escaladant des cols de quatre mille cinq cents mètres, ou progressant le long de parois verticales, saignant des pieds, des genoux et des mains, par quarante degrés de froid. Vidé peu à peu de ton sang, de tes forces, de ta raison, tu avançais avec un entêtement de fourmi, revenant sur tes pas pour contourner l'obstacle, te relevant après les chutes, ou remontant celles des pentes qui n'aboutissaient qu'à l'abîme, ne t'accordant enfin aucun repos, car tu ne te serais pas relevé du lit de neige.

Et, en effet, quand tu glissais, tu devais te redresser vite, afin de n'être point changé en pierre. Le froid te pétrifiait de seconde en seconde, et, pour avoir goûté, après la chute, une minute de repos de trop, tu devais faire jouer, pour te relever, des muscles morts. (…)

“Je devinai la fin à beaucoup de signes. Voici l'un d'eux. J'étais contraint de faire halte toutes les deux heures environ, pour fendre un peu plus mon soulier, frictionner de neige mes pieds qui gonflaient, ou simplement pour laisser reposer mon cœur. Mais vers les derniers jours je perdais la mémoire. J'étais reparti depuis longtemps déjà, lorsque la lumière se faisait en moi : j'avais chaque fois oublié quelque chose. La première fois, ce fut un gant, et c'était grave par ce froid! Je l'avais déposé devant moi et j'étais reparti sans le ramasser. Ce fut ensuite ma montre. Puis mon canif. Puis ma boussole. A chaque arrêt je m'appauvrissais...

Ce qui sauve, c'est de faire un pas. Encore un pas. C'est toujours le même pas que l'on recommence...

Ce que j'ai fait, je le jure, aucune bête ne l'aurait fait."

Cette phrase, la plus noble que je connaisse, cette phrase qui situe l'homme, qui l'honore, qui rétablit les hiérarchies vraies, me revenait à la mémoire. Tu t'endormais enfin, ta conscience était abolie, mais de ce corps démantelé, fripé, brûlé, elle allait renaître au réveil, et de nouveau le dominer. »

Antoine de Saint-Exupéry,
Terre de hommes,

La Tulipe noire

Cornélius Van Baerle, accusé d'avoir participé, sous l'innocente apparence d'un amateur de tulipes, au complot contre Mr de Witt, est condamné à mort.

« Aussi, à peine Cornélius apparut-il qu'un hurlement immense se prolongea dans la rue, s'étendit sur toute la surface de la place, s'éloignant dans les directions différentes des rues qui aboutissaient à l'échafaud, et qu'encombrait la foule.

Aussi l'échafaud ressemblait à une île que serait venu battre le flot de quatre ou cinq rivières.

Au milieu de ces menaces, de ces hurlements et de ces vociférations, pour ne pas les entendre sans doute, Cornélius s'était absorbé en lui-même.

A quoi pensait ce juste qui allait mourir?

Ce n'était ni à ses ennemis, ni à ses juges, ni à ses bourreaux.

C'était aux belles tulipes qu'il verrait du haut du ciel,

soit à Ceylan, soit au Bengale, soit ailleurs, alors qu'assis avec tous les innocents à la droite de Dieu, il pourrait regarder en pitié cette terre où on avait égorgé MM. Jean et Corneille de Witt pour avoir trop pensé à la politique, et où on allait égorger M. Cornélius van Baerle pour avoir trop pensé aux tulipes.

L'affaire d'un coup d'épée, disait le philosophe, et mon beau rêve commencera.

Seulement restait à savoir si comme à M. de Chalais, comme à M. de Thou et autres gens mal tués, le bourreau ne réservait pas plus d'un coup, c'est-à-dire plus d'un martyre, au pauvre tulipier.

Van Baerle n'en monta pas moins résolument les degrés de son échafaud.

Il y monta orgueilleux, quoi qu'il en eût, d'être l'ami de cet illustre Jean et le filleul de ce noble Corneille que les marauds amassés pour le voir avaient déchiquetés et brûlés trois jours auparavant.

Il s'agenouilla, fit sa prière, et remarqua non sans éprouver une vive joie qu'en posant sa tête sur le billot et en gardant les yeux ouverts, il verrait jusqu'au dernier moment la fenêtre grillée du Buytenhoff.

Enfin l'heure de faire ce terrible mouvement arriva : Cornélius posa son menton sur le bloc humide et froid. Mais à ce moment malgré lui ses yeux se fermèrent pour soutenir plus résolument l'horrible avalanche qui allait tomber sur sa tête et engloutir sa vie.

Un éclair vint luire sur le plancher de l'échafaud; le bourreau levait son épée.

Van Baerle dit adieu à la grande tulipe noire, certain de se réveiller en disant bonjour à Dieu dans un monde fait d'une autre lumière et d'une autre couleur.

Trois fois il sentit le vent froid de l'épée passer sur son col frissonnant.

Mais, ô surprise !

Il ne sentit ni douleur ni secousse.

Il ne vit aucun changement de nuances.

Puis tout à coup, sans qu'il sût par qui, van Baerle se sentit relevé par des mains assez douces et se retrouva bientôt sur ses pieds, quelque peu chancelant. »

Alexandre Dumas,
La Tulipe noire

Naufragé volontaire

Un naufragé, seul sur un canot, sans vivres ni boisson, peut-il survivre? Oui, répond le docteur Alain Bombard...

« Mort d'angoisse, je me réveille. *L'Hérétique* est entièrement submergé. Je réalise qu'une vague vient de déferler juste sur nous. A tout prix, il faut écoper. Seuls les puissants flotteurs de caoutchouc surnagent encore et, de part et d'autre, c'est une seule mer; *L'Hérétique* continue impertubablement sa route, comme une épave. Mais je n'ai pas le droit, je n'ai pas le temps de me laisser décourager. Presque instinctivement, j'écope d'abord des deux mains, puis avec mon chapeau : instrument absurde de ce travail impossible. Il fallait écoper assez vite entre les plus grosses vagues pour que *L'Hérétique*, allégé, émergeât suffisamment. Même muni d'une véritable écope, il eût été nécessaire que je soutienne une cadence déjà exténuante : chaque vague importante qui nous atteignait donnait un grand choc sur le tableau arrière et, aussitôt, l'océan déferlait de nouveau, rendant inutile, dérisoire, désespérant, le travail des dix minutes ou du quart d'heure précédents.

J'ai grand-peine à comprendre moi-même comment, transi, j'ai pu tenir deux heures de la sorte, car il m'a fallu deux heures de travail avant d'avoir remis définitivement le bateau à flot. Naufragé, sois toujours plus têtu que la mer : tu gagneras. »

Alain Bombard,
Naufragé volontaire,
© Artaud

4
SOLUTIONS DES JEUX

Êtes-vous combatif?
(p. 99)

Si vous avez une majorité de Δ : pour vous, la vie ressemble à un défi permanent. Vous ne doutez pas de vos capacités et vous affrontez les obstacles avec sang-froid et concentration. Vous aimez les paris difficiles mais vous vous donnez les moyens de les gagner. Attention à ne pas lasser votre entourage !

Si vous avez une majorité de ○ : vous avez l'esprit sportif. Vous savez gagner sans vantardise et perdre sans murmure. Vous êtes combatif dans la limite raisonnable de vos possibilités : vous n'avez pas honte de renoncer devant des obstacles qui vous dépassent, car vous ne vous prenez pas au sérieux. Veillez cependant à ne pas rebrousser chemin trop rapidement devant des difficultés qui peuvent parfois être résolues à force de ténacité.

Si vous avez une majorité de ❒ : combatif, certes, mais impatient ! Vous avez du mal à admettre les échecs, ce qui vous conduit parfois à un comportement excessif que vous regrettez ensuite. Vous devriez apprendre à canaliser votre agressivité. Attention : restez modeste quand vous savourez votre victoire !

Quinze questions pour survivre
(p. 101)

1 : A (p. 15) - 2 : B (p. 12) - 3 : B (p. 18) - 4 : C (p. 12) - 5 : B (p. 21) - 6 : C (p. 28) - 7 : A (p. 18) - 8 : B (p. 36) - 9 : B (p. 43-44) - 10 : B (p. 41) - 11 : C (p. 60) - 12 : A (p. 40) - 13 : A - 14 : C (p. 63) - 15 : B (p. 50)

Si vous obtenez plus de 12 bonnes réponses : vous avez pris un bon départ. Sans hésiter, vous affrontez les solitudes glacées du Grand Nord, non sans avoir mis toutes les chances de votre côté !

Si vous obtenez de 6 à 12 bonnes réponses : vous suivez

la piste sans trop de mal, mais attention à ne pas vous laisser distraire ! Vous pourriez avoir du mal à retrouver votre chemin…

Si vous obtenez moins de 6 bonnes réponses : êtes-vous sûr de ne pas tourner le dos à la destination que vous aviez choisie ? Vos chances ne pèseront pas lourd si vous continuez à ne lire que d'un œil…

Deux hommes dans le Grand Nord

(p. 103)

Phrases concernant Bill : 1 - 3 - 6 - 7 - 9
Phrases concernant l'homme : 2 - 4 - 5 - 8 - 10

Question de voix

(p. 104)

1. c)

Seul !

(p. 104)

2. Affirmations fausses :
3 - 4 - 5

Solitaires et solitudes

(p. 105)

1. Anachorète et ermite sont des personnages solitaires.

3. Le mot *solitaire* désigne également : un vieux sanglier, un diamant, un jeu, une embarcation.

La faim

(p. 106)

Le mot à retrouver est TANTALE.

Opération de survie

(p. 107)

1. L'homme commence par compter ses allumettes. Il veut s'assurer qu'il en possède suffisamment. Les allumettes sont essentielles dans sa lutte pour la survie : grâce à elles, il peut allumer un feu, cuire sa nourriture, éloigner les bêtes sauvages. Le feu est un signe de civilisation. Ce bien est si précieux que, dans son angoisse, il a peur de les avoir mal comptées; aussi recommence-t-il plusieurs fois.

2. C'est la volonté et la faculté de raisonner qui permettent à l'homme de survivre.

Voir ou ne pas voir

(p. 108)

2. Les mots à retrouver dans le texte sont, en suivant l'ordre des définitions :
Divagation - lubie - vision - fantasmagorie - mirage - rêverie

Quelques mots ayant un sens similaire :
illusion - phantasme - leurre - aberration - songe - apparition...

3. Lautréamont - Henri Michaux

Quinze questions pour comprendre

(p. 110)

1 : A (p. 67) - 2 : B (p. 68) - 3 : C (p. 67) - 4 : B (p. 72) - 5 : B (p. 69) - 6 : B (p. 71) - 7 : C (p. 73) - 8 : A (p. 78) - 9 : B (p. 79) - 10 : C (p. 80) - 11 : C (p. 81) - 12 : A (p. 84) - 13 : C (p. 87) - 14 : C (p. 89) - 15 : A (p. 90)

Si vous obtenez plus de 12 bonnes réponses : félicitations : votre attention ne s'est pas relâchée un instant et vous avez suivi Negore sans difficultés. La récompense suivra l'effort !

Si vous obtenez de 6 à 12 bonnes réponses : vous avez suivi l'essentiel de l'action mais bien des détails vous ont échappé. Ne vous contentez pas d'à-peu-près : la réussite de votre plan en dépend.

Si vous obtenez moins de 6 bonnes réponses : S'il ne tenait qu'à vous, les Russes pourraient réduire la tribu de Negore en esclavage sans rencontrer grande résistance. Reprenez cette histoire à son début et soyez plus vigilant !

Un peu d'histoire
(p. 111)

Les mots à placer sont, dans l'ordre : 7 - 1 - 6 - 10 - 8 - 3 - 9 - 4 2 - 5

Le récit d'Oona
(p. 112)

1. « Le Russe détesté » désigne l'homme russe en général et non pas Ivan, comme on pourrait le penser.

2. La mer de Béring.

Negore le lâche
(p. 113)

1. Oona fait appel au premier sens du mot « lâche ».

2. Synonymes de a) : craintif - timoré - poltron - pusillanime
Synonymes de b) : couard - vil - bas
Oona dit à Negore : « tu es un homme brave ».

Les animaux du Grand Nord
(p. 116)

1. Campagnol
2. Renard
3. Hermine
4. Lemming
5. Bœuf
6. Loup
7. Ours

Le mot à trouver est CARIBOU

Traces
(p. 117)

1. Caribou

2. Daim
3. Ours polaire
4. Grizzli
5. Perdrix des neiges

Chimo !
(p. 117)

1. Anorak
2. Kayak
3. Igloo
4. Parka
5. Morse

Explorateurs du Grand Nord
(p. 118)

1 - d - C; 2 - h - F; 3 - a - E; 4 - c - E; 5 - b - A; 6 - g - D; 7 - f - H; 8 - f - H

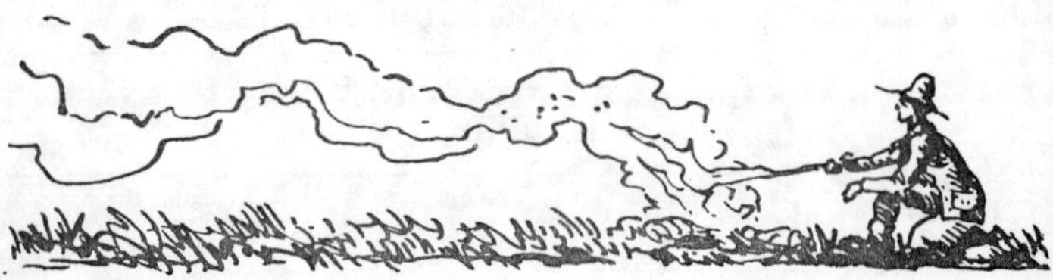

Retrouvez, sous la plume
de **Jack London**
les aventures les plus passionnantes

dans la collection FOLIO **JUNIOR**

CROC-BLANC

n° 493

Mi-chien, mi-loup, Croc-Blanc commence sa vie à l'état sauvage, puis se retrouve parmi les hommes…

« Mais les humains n'étaient pas la seule préoccupation de Croc-Blanc. Le vacarme apaisé, le dernier chien remis à sa place, il lécha ses blessures en songeant aussi à l'étrange famille qu'il venait de découvrir. Il n'avait eu jusqu'alors que deux semblables, le vieux loup gris et la louve – il était trop jeune lorsque ses frères et ses sœurs étaient morts pour avoir gardé d'eux un souvenir précis – et n'avait jamais imaginé qu'il puisse en exister d'autres. Or voilà que brusquement le monde semblait regorger d'animaux qui ressemblaient à sa mère. C'était une surprise de taille, qui se doublait d'une bien désagréable constatation : alors que le loup gris, la louve et lui-même avaient toujours été solidaires, les nouveaux venus, au lieu de l'accueillir en frère, s'étaient jetés sur lui, crocs en avant, avec l'intention évidente de lui faire un mauvais sort. Cette réalité nouvelle, grosse de menaces, était loin de lui plaire. »

(Extrait du chapitre 1, troisième partie)

Le fils du loup

n° 652

Depuis plus de vingt ans, Scruff Mackenzie parcourt le Grand Nord canadien, chassant le renne et cherchant l'or.

Un jour, las de sa solitude, il décide de prendre femme et se rend chez les Sticks, de farouches Indiens. La méfiance des jeunes de la tribu se transforme en jalousie féroce lorsqu'ils comprennent que l'étranger a l'intention de demander la belle Zarinska, la fille du chef…

Six nouvelles de Jack London : Le Fils du loup, Le Grand Silence blanc, Les Gens de Forty Mile, A la santé de l'homme sur la piste, Le Privilège du prêtre, Unga.

L'appel de la forêt

n° 431

Admiré par tous et choyé par son maître, le chien Buck n'a vraiment pas de raison de se méfier des humains. Un homme va pourtant l'arracher à son foyer ; un autre va lui enseigner la dure loi du plus fort. Devenu chien de traîneau, Buck découvre la violence, le goût du sang. Des rivalités déchirent la meute dont il fait maintenant partie. Alors que Buck s'éloigne de la civilisation, une voix venue de la forêt éveille dans sa mémoire l'appel de la nature, puissant, irrésistible…